大地大地大地大地大地大地大地大地大地大

大地文學9

愛情角

——十種不同的愛情，十個耐看的故事

石德華 著

目錄

現代愛情傳奇

——序《愛情角》

林黛嫚

德華：

剛結束一段旅行，你的新書樣稿在我行囊裡，和我一起經驗紐西蘭之旅。紐西蘭又譯成新西蘭，十九世紀末歐洲人來到這兒時，西方資本主義已有高度發展，現代化的腳步也大步邁開，因此這兒可以在現代化的建設之外，仍保有自然風光。相對於臺灣在發展爲導向的幾十年間，雖因經濟奇蹟而使得百姓能豐衣足食，但這樣高度現代化的代價，便是水泥叢林代替森森綠意，便是大地反撲造成一雨成災……，於是能在享有物質文明的現代化都市，同時能欣賞到原始的大自然，這是很特別的經驗，包括這段旅程，包括寫這篇序，包括在全然不同的社會環境中賞閱你的文字世界。

如果把第一篇作品在報刊發表當作寫作生涯的開始，那麼我走這條路已二十年了，想起來很可怕，不是嗎？二十年足以讓一個黃毛小兒長成壯碩青年，二十年可以是一個樓起樓塌的循環，而，這對我來說，卻只是一段探尋的過程。在和文字結緣的二十年間，我不斷在尋思，爲何而寫？高一那個酷暑的假期，無視於同伴們到溪流戲水的清涼，我躲在臥房，以被窩爲書桌，振筆疾書，完成第一篇小說，那時，我是爲何而寫？不是爲了印成鉛字的喜悅，不是爲了稿費，不是爲了出名，也不是爲了獲取知音，只是想寫，是波特萊爾說的吧，「感到內在一股不得不發的動力」，無所爲而寫。

後來，很難再維持純粹爲寫而寫的動力，寫作往往伴有附加目的，即使是爲突破過往成績而寫，這是向自己挑戰，非常理直氣壯吧，但仍然是有所爲而寫。不知道你有沒有這樣的經驗，一張一張稿紙，寫完看了看，不滿意，揉掉，重新來過，一字紙簍的紙團顯示了一整晚寫作的成果。爲什麼會這樣呢，我的第一篇小說完成後，我又花了幾個下午，把它謄到稿紙上，在謄寫的過程只是訂正幾個錯字，可說一個字未改把它寄了出去。而現在，你爲一個字的準確思索枯腸，你對一個不夠完整的結構毫不留情，寫作，不僅是苦，還只能苦笑著說，苦中作樂。

字斟句酌的作品會更令自己滿意嗎？我看不見得，如今回頭看自己的少作，當然可以一眼就看出許多缺點，而且會說，要是現在會怎麼怎麼修改，其實要是現在，恐怕那也是字紙簍裡的一個紙團。我主編副刊這些年，偶有讀者反應，很懷念孫如陵時代那些文章，讓人容易進入，產生感動，我何嘗不知道要刊登一些令大眾感動的好文章，只是那是可遇不可求的。

第一次仔細閱讀你的作品，一直不能理解，在許多外國文學理論和作品大量佔領現代人的閱讀領域，我們在文學獎或報紙副刊上經常看到「米蘭昆德拉」、「卡爾維諾」、「村上春樹」的仿作，類似你的作品——鄉土題材，市井小民的生活，樸實俚俗的對白，這是在什麼樣的情況下寫就的呢？因此那天在座談會上，你說，你是一個喜歡懷舊情調的人，我才明白。

在你的這本書裡，我最喜歡〈愛情角〉，除了因爲這篇是我在評審會上力薦爲首獎的作品外，其中描述的愛情故事也一再讓我動容。「愛情是政治關係」，許多社會學者爲此說法頗費筆墨詮釋，在你這篇文章裡卻輕描淡寫，意在言外。

許晴月是小鎮頗受愛戴的老醫生之女，顧緬莒是外省第二代品學兼優的有爲青年，這樣的身分背景對照當時的政治環境，預示著一則愛情悲劇的開始。但這則傳統如電視通俗劇的愛情故事，並不是從男女主角開始舖演，而是從小鎮鎮民的口頭傳說開始。「顧緬莒與許晴月」，那是校園愛情故事的寫法，愛情角的鎮民是這麼說，「顧營長伊後生和老居仙伊查某孫」，這一對青梅竹馬的金童玉女，也是鎮民口中的「尪生某旦」，原本是人人稱羨的愛情角傳奇，卻因選舉的政治事件而「走不回去」，徒然成爲鎮民揀去配飯的話題。但你顯然不以敘述這則愛情故事爲滿足，描寫市井小民的悲歡生活是讓人印象深刻的部份，幾位人物的塑造，如蕃麥姆、西施小眞、許老居等也很成功。

你最讓我驚嘆的是語言文字的運用，當我們閱讀鄉土小說時，熟悉的是樸實俚俗的文字情調，而你卻能讓華麗典雅的描述和鄉土語言結合，你一會兒說「白日是三月桃花的艷盛，入夜是八寶晶鑽的華貴」，一會兒說「九月風颱無人知，有好頭的無一定有水尾」，如此自然地給鄉土語言一個空間，也與文中顧緬莒的外省第二代身份如何與怨棄外省人的老居仙相處，提供一個可能的方式。

書中還有許多篇章，像〈羽翼輕輕的鳳凰〉、〈陽光別早起〉都是成長小說，寫我們成長的記憶，我等你出書後再一起看。你在寫作多年後出版第一本小說，我除了祝福之外，還有一點期許，希望下一本書不會讓我們等太久。

二〇〇一，三，十九

十年晚韶華

——序我的第一本小說集《愛情角》

石德華

1.

這是我第一本小說。

依舊有不很平靜的心情，雖然我已出版過五本散文了。小說，於我畢竟不同。

嚴格說來，我並沒有寫小說的條件。有一份本職正業，在功利瀰漫、升學競爭尤烈的校園，我根本分撥不出寫小說的完整時間。

再加上，我一點也不會害羞的承認自己是個「眼睛只及自己肚臍眼」的人，（這樣的人至少還贏根本沒有眼光、或眼睛只顧尋覓可下手陷害對象的人）。最喜歡心清無事、也喜歡蹭蹭索索很浪費時間的生活節奏、在搭別人便車可以省去所有麻煩，和自己搭公路局車一路摸索轉車的選擇中，常會因爲「搭便車得和別人不斷對話」而「自己搭車可靜靜想此事情」的考量，毫不猶豫選擇人們眼中的「麻煩」，自我世界的「方便」。而如果生命只剩七天，我的最大願望和生命還有七十年也不會有兩樣：一夜好眠至七、八點，散個能流汗的步，回家收拾書報，打掃屋內，植物都澆了水，洗個熱水澡，中午之後出門，到常去的小咖啡廳，坐在固定的角落，將平日留讀的文字讀了，再將美好的句子，神閒氣定，細細謄抄在心愛的筆記簿上……。

這樣的人，你會寄望她風裡浪裡、大開大闔大格局？而寫小說，據說是要生活面廣、觸角多伸。

因此，十年，我只有十篇小說，連「十」！都出了自己的意料。（正確數目是十三篇，二篇刪去，一篇不見了。）

但，我投之以桃李，小說竟報我以瓊瑤。十篇小說，有四篇得了文學獎，其中二篇還是首獎。

散文是我不棄不離的身邊人，生活裡處處扯引牽動，瑣瑣碎碎見眞情。

小說是生命中我本無意經營的人，因由一次次遇合所加深的投契，遂在自然流轉的歲月裡，一遍深似一遍回甘。

小說於我，眞的比較不同。

2.

常有人問我怎樣寫小說。

對此，我沒有太多理論，每次上文藝營的小說課，都是準備著去的，因爲我那沒技法的技法，鐵定有人認爲缺乏誠意。

我對世界的態度一向感性直抒，文學自然不例外。

散文透明，暴露太多自己，令天蠍的我隱約不安。小說才好，自己沒身隱形在杜撰的情節裡，別人看不到，更適合伸手出腳、過癮一下現實生活或散文書寫所欠缺的縱橫捭闔、睥睨馳騁。（其實我更想除奸懲惡，只惜我的小說裡沒出一個壞人，是我不夠氣魄）。現實生活中，我是個時有隱忍的平凡人；小說世界裡，我是絕對的主宰者。

寫作是一種自我療贖的過程，小說尤是。

我只是很會「吐絲」而已，聽見看見嗅見一樁事、一種心情，絲就無聲無息、軟軟輕輕的搭黏過去了，東一條、西一條的搭多了，有些絲竟然可以梭織交錯成一幅晶瑩美妙、有形有款的圖案，絲網織路最密集之處，主題往往就藏在那兒呼之欲出。當掌握住主題，再回頭來翦亂絲、理織路，再不時吐幾縷新絲。

小小一張絲網，絕對構不成天地間的輝煌，但在陽光剛剛好的角度，你可以看得見的，那眞是一襲薄亮淡金纖巧精緻的，完整的存在。

不知托爾斯泰怎樣寫成《戰爭與和平》？但我比較了解史蒂芬・金的「好故事的靈感是信手拈來的，虛空而降，兩個原先沒有關聯的概念一起出現，使天地有了新鮮事。」

3.

你說，一個不食人間煙火的溫室花朵也需自我療贖？答案是，不需要自我療贖，我就沒有小說。

心紅著、觸覺靈敏著、感知不死著、有時，五內翻騰著、有時，憤恨塡膺著、有時，壓抑鬱悶著，於是創造另一番紅塵世間在筆尖紙上吧，男女衣著，悉如外人，只不過欠缺的得以補償、曖昧的讓它清明、寄望的讓它成眞。

所以，我寫人性、寫情義、寫不同於都會文明的城鄉子民的含蓄蘊藉、寫適婚年齡女子的幽微顧忌、寫中年人的責任與渴愛、寫已逝的低錄取率聯考歲月、寫政治無所不在的台灣特質……，寫著寫著，無非就是聽到看到聞嗅到的那些活生生的事及心情，一點企圖也沒有，整理稿子的時候驀然照見，十篇不同的故事，編串起來，竟然是小小的，十年台灣紀實。

我還是不適應人間煙火，但我在凝睇濃烏煙火；我仍是溫室花朵，但我心有丘壑，願意理解別人的遭受。

我想，創作小說或生而爲人都一樣吧，非關你是什麼的問題，而是你心靈粗細的問題；不是開闊狹窄的問題，而是你善意多少的問題。

4.

十年？你去看十年前的照片，那藏不住的髮色、膚質、眼梢的微妙變化，以及神情上那被淡淡刷帶過的一抹滄桑；十篇小說，當然也見擺脫青澀倜促的歷程，我不藏拙，沒有青澀，就不存在擺脫青澀，蹇的腴的都是我，我喜歡用文字完整記錄自己的生命。

熟識的文友不多，敢開口相煩的更少，感謝黛嫚的允諾作序以及酆台英幫忙校對，讓我的第一本小說，有朋友相陪壯膽。

小說，十年才一書，在我不再年輕的時光。校對稿在手裡翻閱、校對不知幾回，冬夜，黃卷青燈，恍恍間竟生起相依為命的感覺，歲月霍然翻轉，十年前，我的一轉彎從此文學、我的歡笑與淚水、堅持與軟弱，十年，我的曾經擁有及悠然消逝……。

十個故事，深淺皆涉愛情，名曰：愛情角。

羽翼輕輕的鳳凰

月亮不斷在挪近，溫柔地擴充膨脹，漸漸要用月光沒我們的頂，我平躺努力要遠眺，極目盡是十五月圓，月光亮亮，畫圓的弧線盪高搖近、飄遠落下，我和阿森是紙剪出的小人兒，被隨手貼在圓月的下端，再貼一道長長的屋脊和盛酒的圓缸，一起溶在醉死人的月色中。

有陽光的地方，蒸騰著透明的白熱，安靜得隱約在生煙，覆罩樓影樹影的部份，陰蔭著古墓般幽涼，蟬聲麻麻雜雜漸次聚點成面，連面爲體，塞滿整個感覺空間滴水不漏。

我用伏桌的角度挑高望遠，一棵鳳凰樹綠髮滋茂，被仰角突顯得雄姿英發，正正框在窗的腰間，樹後的天藍得驚心，一朵雲溜溜在經過。

午休時間，大家都在睡，除了蟬，以及孫恕。蟬的理由比較充分，牠短暫的生命僅有一個夏日可供奔放，而孫恕，有理由卻不充足。

此刻他站在日光和樓影之間，筆直站挺，左手掌勾護著籃球，背部透衫一片汗漬。他總在第三節下課囫圇吞完中飯，別人吃飯時間他就獨霸球場，以球餵籃是他眞正飽足的方式。而今天，他午休練球，被劉教官逮來罰站。

很多人幹劉教官，因爲他翩若驚鴻、矯若潛蛟，老在人出軌越矩的淵畔幽然現身、逮肇事者一個涉水正渡的現行犯，讓人除卻記過處罰的衰感外，還兼雜一身的狼狽難堪。但我喜歡每天上學時由校門台階下仰頭看階上的他，襯著身後飄飄的國旗，晨曦中很容易讓人湧生發誓從頭的決心，阿森曾說，劉教官是新舊迭替、規法寬嚴莫衷時期，具有嚴重戀舊情結的人。

劉教官巡堂，潛聲走過走廊，綠衫的身遮蔽並替代鳳凰樹，給窗框了會兒，凝視孫恕背影片刻，便又潛聲離去。

我盯視鳳凰木的眼膠滯困重，天地旋晃了一小下像歪了的畫，樹影愈迫愈巨紛紛開滿橘橙有翼的花，搧搧撲撲，花與花只是一片色彩，分不出朵朵身際，午休不睡的還有我自己……，下午有地理小考，上次才考四十八分……，阿森老說失眠，我想過勸孫恕不要午間練球的，劉教官高大身影後旗角飛揚有風……，呼一聲橙的羽翼齊力撲揚，旋漫天入夢的色彩。

§ § § § § §

放學後，我一個人在教室做清潔工作，將垃圾由八方集聚，冷不防，掃帚一伸，追回一些想無聲匿遁的，頓頓挫挫用畚箕盛起，再倒進大籮筐。

我喜歡做清潔工作，尤其每個月的輪掃廁所，純粹由亂到整的單一過程，目標具體而清晰，只要在做，就是在接近，在自己綽綽把握的能力之內，讓手經之處條理精整，活及美了起來，我是在用佈新的能力及完成的喜悅偷偷察覺自己存在的份量；這種不高明的方式我連阿森都沒說；而我在每間廁所的窗檯用剖肚的寶特瓶水養黃金葛，曾招致很多同學匪夷所思的恥笑。

一抬頭，小豆子站在後門，背著天光，像一幀逆光拍攝的照片，週身都是光暈。

「何曉舟，怎麼又是你一個人在做清潔工作？」

「衛生股長不能這麼當，會姑息同學，把不做清潔工作的名單開給我，我來處罰。」

班長交了一張作弊名單，隔天就被揍請假的事，小豆子顯然不知情。

然後小豆子幫我對整調度，兩人通力排齊全班桌椅。

「還不回家？」她走近我身邊。

「作文沒寫完！」

「你文筆很好，思想滿深就是有點悲觀，家裡只有你一個男孩吧！像還有個姊姊是不是？」等我點完頭，她又說：

「所以你要更開朗活潑一點，才像男孩子，不過，我們班就是太活潑，才使我十分頭痛。」

我緊緊張張的拿出墨汁毛筆，很怕她再和我聊天，又希望她再多逗留一會兒，突然她一個旋身，紅格裙襬一排淡綠小花就喧擾著在兜圈，她背身站回照片裡，一甩頭回望，也甩碎一大把夕陽末落滿髮臉，我連忙低頭抽出作文簿。

「我有書要還文化中心，你幫我拿去，借書證夾在書裡，我人不在就放在桌上。」

我盯著作文簿上「教師：陳玉杏先生」點頭，山豬他們寫成「陳玉呆」，好久才被發現罰寫悔過書一份了事。

小豆子終於走了，我惆悵失落卻又輕鬆無比，回頭看見照片只留操場轉彎一角泥紅跑道，及一大片，鳳凰花色的黃昏。

§ § § § § §

阿森最近十分古怪，老說別的學校請他去就讀，還提到建中。

我和阿森在一起，是安靜及沉默的切磋琢磨精益求精，也許，我和他都各有許多使不出勁的重大事還在能力範圍外等候解決，長久處在無力感的迫促窘窒下，我倆的相處被發現是唯一的不費力。

阿森與我國中同班，現在則同段，能力分班班級的好壞和輔導教官的本事成反比，「信義和平」四班歸劉國慶。而阿森考進來是前十名，國中曾請他回母校教導學弟妹們讀書方法，上了高二，我從仁班掉到平班的同時他從忠班到和班，偶爾想到這件事，我會暗自慶幸我是自己。

週六下午，我和阿森逛商業大樓，在唱片行門口，阿森木然專注，盯看海報上的媞芬妮，我記得他曾說最誘惑的性感來自純眞，這使我油然想起他的喬雙。

高一寒假自強活動，阿森認識喬雙，金山海邊的惜別夜，喬雙在沙灘上獨唱一首「在銀色月光下」。

那時，明明她人在沙灘，卻讓人感覺她凌波御風，一路踩碎薄脆晶瑩的金亮海面盈盈而來，頸彎盛滿飲掬可醉的銀色月光，曲終人散盡，我在金色的沙灘上獨自尋覓她站過走過的足跡……。那年寒假，阿森給我的信上有過這樣的描述。

我曾陪阿森在女中對面的書店等待喬雙，當她陽光下跨越大街走向的時候，我一心只想看，她盛月的頸彎。

喬雙高大白皙，微彎的髮風情早生，笑的時候全心全意，陡然充滿童稚的開懷，阿森送給她幾張自強活動的照片後，又給她寫過一陣子信。

後來，我們常在週末來到書店，不爲什麼，只是看，看喬雙修長的腿步出校門，跨越馬路，一路風情又純稚的走過阿森惶怯閃躲却掩不住熾熱的灼爍的雙眸，他正用熱情燃燒自己的青春，絲毫不畏懼寸寸成灰的可能，而我，一遍遍，很無可藥救的，只想看她衣領半掩的頸彎，想像那一汪映海的月光。

爲什麼不攔住她說說話？我從未想過要問這個問題，就像我從不問阿森，爲什麼好一陣子再不到女中對面的書局。

「MTV」門口遇到孫恕、山豬、牛哥，和一群商校的女生。山豬力邀我們看錄影帶，說殺時間到七點，有一場舞會，我以沒帶錢拒絕，孫恕拍拍書包說：

「算我的！」

我爲阿森冷漠的表情致歉般努力熱情拍他們的肩辭謝，並祝他們玩得愉快。

高一的時候，孫恕是我鄰座，他在校外賃居，我每天就多帶一個便當給他。他曾在週記上抱怨班上秩序欠佳，老師評：「清者自清，濁者自濁。」他高興得攤週記在我面前，說他將來當警官就是要這樣。

山豬摟的那個女孩經過我和阿森面前在不遠處彎身撿起掉地的面紙，渾圓的臀淘氣鼓起，露出一大截麥色的大腿，她當然不會知道，山豬在教室的窪洞灌水設計讓女老師跨過，又在英文課，大聲問老師「PENIS」的中文翻譯。很多時候，我們想得到的答案，單純就是——有女老師正認眞在臉紅。

上課有時是一片昏沉的死城，有時是城陷前混亂的無政府狀態，上年輕女老師的課，大家便拚命尋找性的疑似字而顯露出一種異樣詭譎的精神，商旅「不行」，已經引惹一些小騷動，浮光「躍金」，更是人仰馬翻。多半我也混在大家的怪笑戲謔中當一個不很進入情況的小浪沫隨波任逐流，要不然，除了哄笑之外，我又能做些什麼？

只有一次，老師問同學缺席的原因，大家趁亂回答，「昨天晚上太累」、「自己打槍」……，第八節課，夕陽透窗打照半個黑板，講台映日輝煌突然高大莊嚴似巨殿，謔語笑浪中，我感受另一個世界宗教般的柔定情愫，就怎麼樣也無法綻顏，在如潮笑聲的一個激擊浪頂，我霍然趴在桌上，緊緊蒙住自己的耳朵。

據說有辦法的老師拒帶這種班級，不會推拒的總是年輕新聘的老師。我常會想到，赤焰熱情被冷水潑滅時的長聲嗤痛。

鋼的教育，生恨，像劉教官；愛的教育，起亂，像小豆子對我們，我眞的不知道，我們究竟要怎樣？

和阿森分手後，我想起媽新換的米色麻質窗簾和紅白格呢桌巾，就繞道買了一大把嬌新的黃玫瑰，回家養在透明的玻璃皿裡。

§　§　§　§　§　§

爸媽不在，想像中清寧的家，正進行週末的歡會。

酒櫃上貼一張海藍海報，海上一艘船迎面馳駛，飽張著帆：「賀　挽狂瀾於既倒　知青社」。

客廳已成爲彩球、零食、音樂、垃圾及扭曲的人體相互揉擠碰撞的空間，無數張合著的可見不可見的隙縫，則以嗡雜人語密密塡塞。我在廚房裡把各種類別色澤的水果切塊，疊疊堆在果汁機的長杯，澆淋牛乳，看那白色汁液無孔不入蜿蜒流下，然後手一切快速鈕，那各種奪目的顏色，剎那旋轉爲均勻的乳橙，就再也不知道自己原來是誰。

姊坐在角落沙發，被三個男生圈圍，彷彿有一道興味的話題靈蛇般在他們身間盤旋摩挲，姊一直笑笑點頭，口型在說「嗯哼」，但是她的眼越過對方肩頭不落痕在飄轉，那刻意才能不專注的尋覓，顯示姊並不十分安心，或並不純粹快樂。

姊掩映在一棵扶疏的棕櫚樹下，聚光燈一盞由天花板正正打照姊輝輝燦燦的光華，她高中儀隊隊長的照片曾被刊在國內著名雜誌的封面，一些高中男生捲著雜誌徹夜守在巷口，等她簽名，一所明星高中的籃球隊長，所有球衣球鞋都寫著：何曉帆。

後來姊第一志願上大學，人生對她而言，向來缺乏敵手，有人說最高峰會有無人比肩的寂寞，但姊似乎是那種會恥笑寂寞的人。

如果我不是她的弟弟，我肯定她會輕視我，由於姊弟血緣，倒使我不敢輕舉妄動這激烈的字眼，只在心裡長期以來深深明白著——她早就懶得理我。

姊考上大學後所做的第一件事便是甩掉那個英俊的籃球隊長，雖然姊用黯然的語調對人解釋「個性不合」、「慧劍斬情絲」，但我聽到她親口對媽媽說：那個「傻蛋」只考上私立大學。

從小我就是「何曉帆」的弟弟，對此我甘之如飴並樂於黯淡，如果你已經是一個侏儒就不會去想比高比矮的問題。姊姊凝聚了所有欽羨及讚嘆，我則充分享有焦點之外的裕闊清冷，清冷中獨具的那種寧靜寂寞。

我以最佳視角看知青社的歡樂，逐漸地，我將注意力集中在姊姊身上，絕不因爲她的美麗，而是因爲她施展不開的快樂。

姊的眼光一直不安的四方逡巡，在目標物迅速駐停，別人察覺及未察覺間它便骨碌溜走，立刻湧滿笑意迎視談話對象，頂多是一二句話的時間，又開始不安地游走、輕掠、暫駐、驚瞬——。

我在黑暗中以懸疑的心獨自享受一場立體身歷聲彩色大螢幕、題材有關豪門恩怨的情感大戲，並正確捕捉目標物：男女都頎長，女生黑瀑奔瀉的髮四野風生，擺腰旋身曼妙嬌俏，揚目凝睇時，有勾魂攝魄的派勢。我見過她一次；上次他們在這兒開討論會的時候；但對她的緋聞軼事卻如雷貫耳，她就是姊常撇嘴不屑：「男生都說她賣騷，叫她花旦，搞不懂知青社爲什麼會要她」的余倩，而那個男生，是姊常掛在嘴邊、和姊約會過一、二次，知青社裡才華獨具的葉懷晉。

音樂戛然停止，有人高聲在說：

「知青的伙伴們，借用一些時間！」

人群慢慢在靠攏，說話的人有江湖賣藝的意態：

「激濁揚清、任重道遠、知青的伙伴辛苦了！借此感謝最成功的幕後英雄——文宣組，及最美麗的文宣組長——何、曉、帆……」。

掌聲夾雜口哨聲，音樂再度火舌般無邊竄起。

而那一對頎長舞影倚在窗邊私語已良久，余倩輕啃杯沿，眼睛勾勾地嬌睇對方，葉懷晉俯首專注，用姿態悍然在說：誰都別打擾我們，否則我們就遺棄這世界老遠！

這一年，知青社如火如荼做事：發動全校罷吃以改良餐廳伙食、杯葛校外電玩店雨後春筍般設立、前一陣子他們要趕軍訓教官出校門，後來由於女生宿舍附近有色狼出沒，需要教官輪流值夜而作罷，這一次是校園民主的爭取，尤其是申訴權的強勢取態，姊說，法律上都有一、二、三審，憑什麼學校記過開除人的時候，不給當事者一個自我辯白的機會？

關於民主，我懂一些，歷史老師引一句名言說它像一隻竹筏，永遠不會沉，卻要弄濕人的腳。催生的過程必然有無數次陣痛，我在心中大聲與老師的話附和，但是，知青社所爭取的事，似乎缺乏撼懾的力量，引不出人們心靈的強有力磁吸，橫豎是見仁見智的事，就像一個小氣量的人面對萬人演講街坊鄉里間事，那裡能起狂巨的共鳴？在我眼中，知青社就是寫實的小社會，環扣相連、交作運轉，目標是不必懷疑的存在著，只是在抵達之前，有許多私人的小野心要先完成，於是時而有明爭暗鬥、爭風吃醋的事滔滔由姊帶回家中轉播不絕。

或許，我並不認同他們，根本是性情上的距離。

我要上大學，即使在平班。而眼前這些人的大學，並不是我的嚮往。

我喜歡舊日學府的寧靜，千年洞府般幽涼古建築，陽光下爬滿蔓生的籐花、長長筆直的白千層樹道，有單車悠閒盪過，樹影落在白衫袖上，像朵朵暗色的小印花……，然後，我立志找個女孩專心戀慕，她會在髮上結髮帶，愛笑愛說，偶爾會爲些不妥的事哭泣，她，不會像姊姊。

我走進自己的房間，將嘈雜的世界，用重重的關門聲隔絕。

下星期要期中考，這次英文要考六十八分、數學要考七十、地理要七十八才有可能不被當掉。分班名單揭曉的那天，媽發瘋撕碎成績單狠命往我臉上甩，「怎麼生了個男孩反而這麼沒用」，夜晚，我在燈下拆號碼，對著殘缺「仁」字細細密密的針腳，不止的落淚……

我由英文課本中抽出小豆子借書證照片的放大影印，用毛筆輕沾適量的白色廣告顏料，極其細心地將小黑點抹去，再用黑針筆描繪影像，小豆子很端矜的在微笑，像她每次來上課面對我們鞠躬問好的表情，鏡片後的雙眼皮很彎深，額上的髮上翻，齊齊壓在一條淺色髮帶下，我將描整妥當的人像影印，貼在截半白色西卡紙上。

這樣的時刻，我感覺世界空靜美好，有一些說不上來是什麼的東西，被我實實的擁有，我因它們的存在而歡喜感動、而泫然欲泣。

§　§　§　§　§　§

早自修很不安靜，有人拿麵包逗野狗進教室，狗所經之處必鬨笑如雷，有人乾脆跟著狗四處走，狗被誘著遊走各班，整條走廊轟轟鬧。

狗身被剃去一塊長方形毛，肉紅皮膚上被用紅油漆塗寫歪歪斜斜三個大字：劉國慶。

有人在說，是幾個抽菸被記大過的高三生做的，有人則說劉教官上週六下午罰某班留校出操，是那個班在洩恨。

第三節國文課，小豆子氣得發抖，班上剛佈置好的公佈欄被漆上靠得住、樂樂圈及大字仙桃牌廣告加牛肉場海報用語。

「生命一部分的光輝在愛情，而你們用這種下流心態看待女性，就會糟蹋愛情、賤視生命。」

小豆子終於流下眼淚，同學們低下頭，山豬用腳偷偷踢牛哥的椅子，孫恕挺挺坐著，神情凝重，我別頭窗外，看到一隻被剃了毛的野狗，在操場上奔跑……

週末下課，阿森留我，並不多說什麼盡在校園逛繞，我忍不住問，他說要除害，過一會才說抓狗，免得教官難過，我趕緊告訴他，我送教室日誌時親眼看到劉教官蹲在車棚邊用松香水擦狗身，野狗四足繫繩緊綑不停掙扎蠕動，校工拿塑膠杯用力罩著狗嘴。

出校門，阿森突然請我去他家吃拜拜，我掛電話給媽，便與阿森走向車站。

在十字路口停留，阿森緊盯紅綠燈，側耳似傾聽，黃燈閃爍他更加神色有變，惶躁不安，幾次燈色變換，他都不前行。

過馬路時，他有一絲茫然，車水馬龍人氣活現的都市鬧街，他像一縷安靜青蒼的隔世遊魂，迷失於陰陽，也迷失於世代。

阿森的房間在四樓，要摸黑爬幾段陡直狹窄的樓梯，整個四樓除卻長直幽暗的甬道，就只有神明廳和阿森的房間，神明廳裡的蓮花燈幽幽亮著紅光，比甬道的昏黑多了幾分奇詭及陰森。風很大，在窗外呼呼響，開燈的片刻，我必須努力做些回神。

阿森的房間樸素清潔，素白的牆、純白枕巾洗滌磨出絨絨的毛邊，課本、參考書分門別類列整，講義在桌角夾好堆高。他換下校服，立刻用衣架撐起，扣子一粒一粒扣好，掛在窗沿晾風。

宴席上，一桌妗婠都誇阿森：

「斯文又端定，透日（整天）在四樓讀冊，連伊阿爸阿姆攏嘸免（都不必）撥空（抽空）去巡一下。」

幽暗的甬道、森紅的蓮花燈、白校服風中翻飛像招魂的白幡旗……

阿森吃得文細，半低著頭，表情平白，你可以當它做謙和。

飯後，他帶我到厝後，懷抱一缸自釀的葡萄酒，月光下漾紅。

一間土塊厝，空放農具，阿森搬梯子送我們上屋頂，我們枕著屋脊，舉缸對口，輪流灌酒。

我起初的不適，隨鬆弛的肢體換做一種灑脫的情態，在在要飄起。

月亮不斷在挪近，溫柔地擴充膨脹，漸漸要用月光沒我們的頂，我平躺努力要遠眺，極目盡是十五月圓，月光亮亮，畫圓的弧線盪高搖近、飄遠落下，我和阿森是紙剪出的小人兒，被隨手貼在圓月的下端，再貼一道長長的屋脊和盛酒的圓缸，一起溶在醉死人的月色中。

阿森仰天：

「曉舟，你知道嗎？天才的成就在恒久的忍耐。」

我笑笑，沒有答腔，但阿森，我懂。

「我ＩＱ一三八，是天才，我小學畫的圖，老師就說天才，我畫中秋節賞月，月亮有一張大笑臉，其實，我根本是宇宙的王，我隨時在接收電波訊號，伺機而動。」

我喜歡這話，阿森，雖然我還是不知該說些什麼。此刻，我不再是壞班學生，不必忍受同學的粗魯，不必管地理四十八英文五十，阿森，我也想是主宰，只主宰自己的命運，我會想做浪漫詩人，月光如水，讓我桂棹兮蘭槳，擊空明兮泝流光，到天一邊的美人身旁，阿森，你去當你的宇宙王，我只要浪漫非分。

「我是宇宙之王，統御全世界，每個人都要聽我使喚。」

我遂含笑側身睇視多麼奇情的阿森。今夜，所有的氾濫都被允許，我端起酒缸，灌一大口酒，芬芳的酒汁由頸間流竄而下，是一種帶味的月光。

「曉舟，你會笑我嗎？」

「笑什麼？」

「我的成績……，從榜首降到和班，我知道大家都在笑我，連喬雙也知道……。」

「不會的！」

「我也不知道爲什麼會這樣……」阿森哽咽了一會兒，天地間只有瑩淡月光，和它那種了解人的沉默溫婉，唉——

片刻靜默後，阿森幽幽唱起情歌，聲音由呢喃而至高亢：

往事蹤影已迷茫
猶如夢幻一般
你在何處躲藏
久別離的姑娘

我敞開自己，和著阿森的歌聲，同聲亮吭：

我願翅膀生肩上
猶如燕子飛翔
展翅飛到青天上
朝著她去的方向
………………

午夜，阿森騎機車送我，我躲在他斗篷雨衣裡，貼近他的後背，雨很大，我們風飆電馳穿破雨幕，我一路感受離心的飛速，很想放聲吶喊……，沒有姊姊，我將會是誰？沒有阿森，我就失去另一個自己！

抵巷口的時候，雨止。白茫青森的路燈下，阿森眉睫滴雨，孤清似露，像禁不起朝曦臨照，便要晶瑩渙散，無影無蹤。

§　§　§　§　§　§

孫恕被記大過，他在宿舍聚賭。當天黃昏的班際籃球賽，孫恕獨得十六分。

和忠班一路拉鋸，槍響平手。場邊密密箍起厚實的人牆，各為其主同仇敵愾，信義和平班空前未有的大團結，掌聲噓聲吼聲嘆聲迭迭爆響貫空，大家都在拚命，場內及場外。空氣迅速在走一種僨張的熱流體，每個人的體內都有條青細的蛇昂首正吐信，延長賽的疲憊飽而緊，死地裡的爭逐時見孤注一擲的捨命相搏，令觀戰的人緊了牙手心汗冷。

十秒前，忠班進球領先一分，半個球場轟然叫跳，邊線球瞬即發在孫恕手中，趁亂他像一隻冷靜沉智的黑豹，突然捷速運球、闖陣；大家來不及看清；閃身、切入，上籃、空中挺腰、槍響出手；一切都在思想追不上的地方進行如疾雷；唰！球進！

沒有思想、沒有判別、沒有明天、沒有自己，此刻，我只想狂吼、喉頭腥甜、用盡全生命地吼！

打敗樣樣比你強的勁敵，不僅是得意快樂的情緒滿足，實在是徹首徹尾氣勢上的壯大換新，像登上了一個可望不可即的新境地。

孫恕回教室拿書包的時候，我一個人在教室掃地。

他站在後門照片裡，回身對我說：

「何曉舟，要不要一起去吃冰？」

我說謝了，滿想問他知不知道記過單已貼出的事。

「你好像，很不喜歡我？」

我愣了一下說怎麼會，他點點頭，照片一下子空了。

他說要進警官，要我讀新聞系，我們一個用槍，一個用筆，維護打擊罪犯；他在母親節，朵朵紅花中獨自配戴一朵白色康乃馨，顯得勇敢而倔強；我們一齊掉到平班，相約必回仁班；然後他和牛哥他們混，三過已犯滿……，我是不喜歡你，孫恕，我不喜歡你曾經是那樣。

空了的照片，依然是泥紅跑道的一角，及一大片鳳凰花色的黃昏。

§　§　§　§　§　§

小豆子要我們看窗外那棵鳳凰樹，說它有文定喜，只鬢側斜插數株紅蕊，把艷盛留給仲夏的大婚。

然後她說了一個夏日的故事。

一個出色的學長，愛思考富才情，去年考上一流大學，在一個剛彩排完戲劇的夏日黃昏，爲救一個溺水的智障小孩，由海濱無止的奔向大海而不回。

我很想與阿森分享這個故事，但看到他木然森冷的臉，就只向他借了歷史課本。夏日的故事，或許只適合在沒頂於月光的清涼初夏，躺在屋脊高處，以主宰者的心情用酒源起。

阿森歷史課本的封底，幾行端秀的字。

瞧望是否有你如虹的信封
多像三月裡
仰望綠蔭的鳳凰
想她會有一身的火紅

我負荷不起一顆沉重的心，不禁遙遙望向遠處略染幾分紅妝的鳳凰，想起每一個夏季的樹下行經，風一吹，鳳凰花羽翼輕輕漫天撲飛，無處著力，沒有遠景，存在與委地之間只是隨風一場，而明朝再度行經，樹底已一汪靜靜偃息的落花的海。

多麼像有一種人的生命。

鳳凰花下有阿森熱烈的想望，有我的生命故事。

§ § § § § §

和班連續六週生活競賽最後一名，全班每人警告一次，幹部小過。

有人說，劉教官主動簽報，有人說，別的教官甚至會自動銷掉送來的記過單，也有人說，抗爭到底。

憤慨由零星而匯集一片，終而衝天直上。

和班決定，軍訓課集體不帶課本、不聽課。

朝會時，劉教官宣佈：

「夏天到了，同學們難免浮躁，請約束自我言行，以免動輒被罰。」

和班集體爆出噓聲。

劉教官對著麥克風虎吼一聲：

「高二和班，全班留下！」

午休，和班在烈陽下罰站，劉教官遠遠站著，廣闊操場的一角顯得十分渺小。

§ § § § § §

一路上我都擔憂成績單已到家。全組三百五十四人，我三百二十七名，阿森三百四，孫恕在更後面。媽會瘋掉。

家裡河清海晏。同學們都說已接到成績單，難道有事？我懷了一晚上的忐忑的心，卻一點事也沒發生。

小豆子要我代表平班去競選模範生，因爲全班只有我全勤又沒被記過。

下課前，牛哥上台呼籲全班輸人不輸陣，票數絕不外流，孫恕回頭看我，眼光炯炯。

我厭惡去參加競選，要上台猴耍似介紹自己，要和全組最優秀的人並列一排，要忍受別人的揶揄：壞班的哪有資格出來！

顯然，並沒有人關懷我的喜與憎。

於是我打開記事簿，在星期五那欄寫上「選舉」，星期六，「打靶」。

星期五牛哥燙了大捲頭，山豬穿了一件新卡其褲，寬腿胯、削褲腳。很多事在他們眼中都是愼重的嘉年華，可暢性盡情的機會，生活中有些興孜孜的事總是好的，人體許多器官的功能久不用就會遲鈍痲木，喚叫快樂的器官就是其中之一，我缺乏趨愛的熱情並捨厭的決絕，那些喜或不喜便模糊一片、無根飄忽，成爲我無處著力的生活，像對這世界毫無意見。

他們帥一下彈指抹一下頭，相互霹靂傳電說：

「六號，何曉舟，很好！我喜歡！」

孫恕拍我的肩，說「搞定了！」

嗒呼忙亂一個黃昏。然後，我落選了。

我自己並沒有多大感覺，倒是孫恕他們的賣力熱情使我不知如何擔受。他們在票箱違規叫人亮票，有個同學投給忠班候選人，被孫恕揪出痛揍。

「我選我堂哥不行啊？」被揍的同學抗爭，孫恕又補他一拳。

§ § § § § §

星期六，高二到某軍事基地打靶。

三十步槍沉甸甸在手中，使我一直秘密而小心的亢奮著，常要喘口大氣平定波浪的心，單聲刺銳的疾咻聲造成速度的想像，使我想起那個落雨的午夜，我貼向阿森的背，那種迷離的清醒。

和班經過的時候，我振作精神尋覓阿森。

左線預備、右線預備——

紅旗舉起

全線預備——

黃土岡陵、灌木數叢、一派陽剛蒼勁，藍天盪得老高，白雲一球球疊在地角。

紅旗落下——

開保險——

突然我看到阿森了！他霍地站起來，助教作勢欲拉一個踉蹌，阿森揮著槍口對準。

然後他用立射姿勢大步疾走，步步加速，快速閃過眾人的錯愕，衝向一棵大樹，腳過處黃土飛揚。

劉教官在樹下短距離來回奔跑驅散學生，槍響的同時，劉教官縱身一撲，掩護兩個嚇呆的學生臥倒。

一切都在來不及處發生，在人聲奔跑聲的去處完成。

我緊緊抱住自己的頭屈身蹲下，時光倒流啊！拜託，到什麼都還未發生的時刻，我看見阿森了，他排著隊入位，突然間他站起來……，拜託！讓一切都沒有發生，而我，只是一輩子都不願再站起來……

穿越脅腋，我看見天藍得這樣乾淨，白雲一球球，白亮亮的疊在地角。

§ § § § § §

晚上媽問姊申請柏克萊大學的事，姊興味闌珊，只提知菁社的最後一聚，關心舞會的禮服式樣。

「大家都會想來的，但是我並不想辦得太熱鬧，只請看得順眼的。」

「我還不知道你？你是想美人配才子！」媽打趣姊，姊擰一下身，竄到媽懷裡撒嬌，我想，我還是吞回我想說的話吧！阿森的事，在情調上過於粗糙，而我的成績單，顯然消失得更具情調。

夜裡，我發現姊在不開燈的客廳講電話，語調低柔，蜷身散髮，幽明光影裡像一隻神秘的貓。

「是我生日，也算知青社送舊，人是過濾後的。」

大概對方說榮幸之類的話，姊撥拂著髮偏偏頭：

「彼此，葉大才子賞光，才是眞榮幸！」

不知葉懷晉說了些什麼，姊吃吃低笑，然後說：

「滿正式的喔！女孩都穿小禮服，自帶伴。」

姊的頭偏得更斜，長髮如瀑散沒整個椅把，掩去面孔也蓋住表情，像傾聽、也像思索忖度。

一小段沉靜，客廳流洩藍色調的月光，姊的聲音突然揚起，遲疑一下就清晰的說：

「嘿——我想請你當我的 Partner, ok?」

空、靜、月光無聲浮沉。

然後，姊聲音揚高，急急在說：

「沒關係！沒關係！眞的！請不必說抱歉！」

依然教一大堆濃髮淹沒椅把，掛下電話好久，我看不清姊的表情，只看見她原姿勢，一動也不動地斜圮斜圮。

姊離開後，我撥電話給阿森，阿森媽媽淒淒梗梗：

「送病院，講是精神分裂，這陣吃過藥在四樓睏，我好好一個囝仔（小孩），怎會變這款？」

我靜靜拿著白色西卡紙，在中央畫好大一個圓，塗滿月光的顏色，將小豆子横肩圈起，便看到自己的眼淚啪嗟啪嗟大滴大滴地落在圓月之內及之外……。

盛滿月光的頸彎、漾紅的葡萄酒汁、笑臉的十五月圓、孤清夜露、翅膀生肩上有如燕子飛翔——阿森！喔！阿森！

§　§　§　§　§　§

學聯會緊急會議，表決「趕走校園獨夫」運動，和班班長激動的說：

「本班謝宏森同學的事，足以代表本班在不合理的違反人性的長期管理下所壓抑的氣憤及不滿有多深，謝宏森的那一槍就是針對劉國慶，難道不是他逼瘋謝宏森？我們不要這樣的教官。」

我一急，整張臉灼燙繃張，渾身隱隱抖顫，掙扎著站起來，困難而用力的說：「事實並不是這樣……，謝宏森是我的好朋友，我最知道，如果，如果，一定要表決，應該先請劉教官爲自己做，做一些，解釋及說明……」

會場開始議論紛紛，然後在多數人的堅持之下，表決依然進行。那一刻，我感到虛脫及空茫，向來不敢堅持及爭取，這樣的結果，自己一點也不驚訝，我靜靜在心中說：「阿森，我已盡力！」

嘈雜聲中，孫恕突然高山似站起來，大聲而清晰說：

「二年平班風紀股長孫恕報告，我想，本校很少有人不認識我，教官室黑名單內十大之一，我已經三過犯滿，馬上就要轉學，在我走之前，有些話要說，在場都是各班幹部，回去找時間轉告全班。」

壞學生的發言比好學生多了些異舉妄動的等待，反倒使人靜心拭目，會場一片寧靜。

「我有三大過，都是劉國慶記的，但是，我該被記的不只這些，他放我很多次，上一次我賭博被記，但是我欠別人的八仟塊賭債，是劉教官墊的，還有一些別人的事也和我差不多。大家都幹劉教官，但是沒有他在硬碰硬死撐，我們會更壞，壞得發臭爛死，大家再想一想，他果眞被趕走，難道壞學生就會變好還是全校就規規矩矩？作夢！我們導師陳玉杏，對我們很好，我們心裡都知道，但是二年平班，全校都知道，是『鬼見愁』！」孫恕的激動一些一些增加，看得出他努力在平撫自己。

「很多事你們都不明白眞相，看人，不可以這樣看，所以，聽我的，別瞎搞——。」

散會後，我回頭尋找孫恕，早已失去他的蹤影。

§ § § § § §

一切彷彿都已就緒，音樂輕柔，人的笑語淺淺，空氣中有一股甜淨的氣味，知青社的最後一聚十分優美的開張。

當葉懷晉進門的時候，姊迎視的殷切及映襯在肩上那一團黃玫瑰花球旁的嬌美容顏，頓然由花開至花萎。

他帶來了余倩。

我不開燈坐在廚房的黑暗裡，直視燈光下含憂的姊姊，不再感到何曉帆弟弟的輕飄，我突然很想，站起來大步走過去，狠狠的揍葉懷晉。

姊朝廚房走來，打開冰箱拿果汁，突然放下手中的果汁，趴在冰箱門啜泣，門外那場迎拒愛情閃爍迷離的青春情調，演生正熾盛。

我走過去，姊姊錯愕慌亂拭去臉上的淚珠，回看是我，抽抽鼻，便伏在我肩上再次哭泣。

然後，我清楚知道自己，推開姊姊，大步跨前，走進燈光華麗瀲灩的中心，找到正與舞伴熱烈擁舞的葉懷晉，重重的揮拳，再揮拳……

§　§　§　§　§　§

我不知道自己如何被拉開的，事後，家人都掩不住憂色卻噤若寒蟬。

劉教官自請調校、小豆子要結婚並離職、班上秩序顯然好轉，像一場危機高潮已過，接近尾聲的影片，人的心情不再起落，只靜靜的接受。行經中一抬頭，那棵盛開紅花的鳳凰樹已是妝新容燦，風一吹，漫天紛飛它的喜悅，而我凝目花瓣時，想它成一雙雙薄輕的橙紅羽翼，拚命撲搧撲搧，終而成明朝一汪，落花的紅海。

準備期末考至深夜，姊推門進來，叮嚀我用功讀書，她申請書早寄了，順利的話，八月就要到加州。我告訴她，我要上大學，即使在平班。

姊點點頭，臨走時留下我失蹤多時的成績單。

是否我輕盈的生命盛載了許多貴重？

不長不短的夏天臨炙又離去，一如許多人事在我身旁的聚聚散散，我是失去許多，但那本來就是我擔負不起的。

我開始收拾心情，絕地大反攻般拚命讀書，要去履踐或替別人完成，一些未曾正式允諾的約守，只有在偶爾經過鳳凰樹下的時候，經由風的感覺，我會想起那一段鳳凰花色的日子，那時候，阿森在和班，孫恕老愛在正午練球、劉教官遮掩並替代鳳凰木給窗框框了會兒、姊姊美麗又優越，而小豆子站在後門像一幀逆光拍攝的照片……。

§ § § § § §

是否我輕盈的生命盛載了許多貴重？

我停不下自己成長的腳步，鳳凰花也不曾在某一年錯失過花開，生命的面貌或許就是這樣，有些情事在清晰與不清晰之間就已然成昨，只留下一個唯有向前的自己，和一身關於成長的故事。

鳳凰花又開放了嗎？

陽光別早起

伊，便是他心中雕像的血肉呈現，像逐漸完成一幅巨大拼圖，拿在手中的最後那一塊，當將它嵌進圖中唯一缺口的那一剎那，只覺彎弧、稜角、斜線，陡度無一不深切吻合的莫大滿足，叫人略覺虛脱的，達頂峰泫泫然欲泣。

他很早熟，他並且自詡著這份早熟。

讀國中的時候，當同學們沉迷於漫畫、電玩，他已經愛看副刊、愛逛書店，當同學們亢奮鑼鑠於與隔壁班或鄰校女生之間撩撥逗弄的迎拒遊戲，他已經深深慕戀自己的英文老師，腦海鎮日風揚思念的帆影，一心想知道老師提包裡究竟有怎麼樣的內容物，一心想窺知老師。

高中二年級，學校來了一位年輕漂亮的音樂老師，他每週必在有音樂課那一天的清晨，秘密打掃獨立位於校園幽靜角落有大樹蔭涼的音樂教室，並在鋼琴邊的木窗檯上瓶插一把猶帶冷露的淡粉玫瑰，和自己細細書寫的一首小詩。

大學畢業那一年，他回鄉聽說國中英文老師因癌症去世，他還獨自去到老師的墳前佇立良久，在那個朝陽乍現如出鞘劍光的夏日明亮清晨，他輕輕對老師說：

「我曾經痛苦於妳的年紀比我大，終於，我的年齡也會有趕上你並超過你的一天了。」

身邊其實從未缺席過女友，那些年輕女子血色鮮麗的外表、結實勻美的軀體，照樣熱火燎原一般旺燒著他生成的男性，使他喪盡免疫力似的本能原始於狂驟的情慾之中。但他總是在新鮮甫退、激情冷卻之時，便俐俐落落猛然抽身，因爲當兩人之間毫無距離的時候，便也是他睜眼直視那些年輕女孩剝去燦亮外表，呈露逸樂取向，膚淺無知的時候。

他不是不懂愛，只是愛不長久；他不是冷心寡情，只是不允許對自己不誠實。

他心中早已有一尊雕像。所以，當他服完兵役，換過二個工作，終於考進一家知名企業所另拓而出的文教機構編輯部門，並在上班第一天，面見自己直屬上司文字總編輯的時候，第一眼，他便毫無疑慮，斬釘截鐵的愛上伊。

開九五年奧斯汀、用香奈兒服飾香水、喝不加味黑咖啡、精緻圓熟、溫柔果敢、管理很企業、處事很人性、專業於職場與生活、獨力撫養一個女兒，與丈夫正在打離婚官司……。

伊，便是他心中雕像的血肉呈現，像逐漸完成一幅巨大拼圖，拿在手中的最後那一塊，當將它嵌進圖中唯一缺口的那一剎那，只覺彎弧、稜角、斜線、陡度無一不深切吻合的莫大滿足，那是令人微微感動的，甚且叫人略覺虛脫的，達頂峰泫泫然欲泣的感覺。

他用適配自己年齡的猛浪大膽對伊，初起使用的眼神，很快便被行動所取代。他在企畫案、文字稿夾書信卡片、處心算計每一個可單獨貼近伊的時機，每天脅著安全帽倚坐自己的**FZR**一五〇，苦苦守候在停車場出口，再一路飆速追隨伊的奧斯汀，然後回家，打電話向伊傾訴一日心情點滴、生活紀事，他用伊的答錄機寫日記。

伊始終不動聲色，但一無訊息可以是無動於衷，也可以是未加拒絕，他於是天天爲伊張羅早餐，定期要花店送來燦爛得奪人眼目的大捧鮮花，他企圖以昭告世人的既定事實，逼伊順勢就範。

他的強勢，終於使伊決定有必要一談。

伊睜著一雙美麗的眼睛，努力詳解、細繹、剖白、分析，意圖以兩人的差距事實，粉碎他的綺想迷夢：

「二十七歲與四十歲，FZR一五〇與奧斯汀轎車，這就是我們之間的天距，請不要以年輕爲藉口，任性闖禍還難免波及他人；請不要開一場幼稚的玩笑，造成別人的難免尷尬。」

那個銀器、鮮花、美食、醇酒法式的浪漫晚餐，他深深凝視、靜靜苦笑，燭影曳搖中一言不發的從容就義。

隔天，他曠職三天，再憔悴委頓出現辦公室，在感覺得到的伊的關心眼光中閃躲迴避。他所企畫主事的那一期專刊，代表公司參加國家級比賽而榮獲金獎的消息適時傳來，讚譽喝采頓時爆如夜空煙花、撩亂春景，他在如浪掌聲的盡頭翻湧騰躍，卻獨守一份不爲人知的秘密悲苦，他笑著在內心落淚的心情，他知道，伊一定能懂，因爲在偶爾交集到的目光中，他讀出了伊的心疼。

狂歡的慶功宴後，他在伊的桌上留了一張信箋，箋上只有一行字：

「你才是我生命的大獎。」

編輯部用二十萬獎金舉辦三天南部熱帶海洋之旅，晚餐後的自由時間，他們在沙灘偶遇，靜默與尷尬被嘈雜的浪濤一波波洗刷而去，在星光欲滴、月光靜好的礁石上，他向伊娓娓敘述自己的過往，過往中好長一段自己原本就急欲交代的，早熟的年少。

第二天深夜，他去敲伊的房門，空白了片刻，伊打開緊鎖的房門。

他愛對伊說，他們是彼此失落的半圓，生命的意義在於彼此的尋覓與整合。

他於是恣情任享成熟女子特屬的溫柔宛如靜海的無邊照拂，也相對提供伊足以活泉再湧的二度青春。在他眼裡，伊的精整優雅從未因爲距離的消失而稍加遜退，爲了女兒，伊從未在外頭過夜，每次他由兩情繾綣中醒轉，一睜眼，伊早已粉粧玉琢在榻側。他對伊說：你是一尊不朽、不壞，永遠的雕像。

外界的質疑非難不過是意料中事，很早很早以前，他便不屑且卑夷世俗與常規，性靈是他選擇的入世圖騰，孤清是他不變的在世身姿，他一向早熟，並且自詡早熟，如今，他用對伊的愛成全這一切。

當你用破百的速度飆在風中；他不只一次對別人也對自己解釋；你只消清楚你自己。

然而，人生畢竟是一段拾階而上的循序歷程，與人生階段並不齊等的人相愛，注定有人被迫去做僭越層級的跨步，這種事，危險或許不至於，但難免費力。

在伊身上，他洞然看見隸屬中年的責任，也就等於必須接受伊對愛情不能專心這件十足令他虛軟氣短的事實。他可以無怨無尤於伊的從不出席他的朋友聚會、從不陪他登山夜遊、從不帶他出現重要場合，但他眞的尚未習慣伊爲女兒補習而縮短兩人見面時間，爲女兒月考而取消兩人約會，爲參加親子旅遊團而一次用盡一年休假日，那一次，他在餐廳等伊至打烊，隔天才聽伊急急的解釋：

「我父親舊疾復發，一個晚上都在急診室急救，我母親老邁得沒有照料的能力……」

伊陪伴女兒、照顧父母、開不完的層峰會議，他索性賭氣應允朋友的車隊邀約。

他分派到的那個女孩，一尺短裙、長筒馬靴，跨腿坐上他的後座，雙手緊緊攬抱他的腰，他感受一陣腰身被包箍、背部被柔軟渾圓球體凸觸的酥麻，便猛力一催油門，疾箭一般放去，車行若飛，快感奔縱。

那一天，他止不住淡淡酸楚，一遍遍在心中想：

伊剪裁合身的及膝窄裙、包頭細管高跟鞋，挺直的背線腰身、款款有致的中長髮，從來未曾也永遠不能，與他貼身跨坐在自己無比寶愛的重型機車上。

這一次，絕對不是新鮮甫退、激情冷卻，卻是愈愛愈縹緲、愈愛愈迷茫，脫塵絕俗依然是他的名字，只是他一向自詡的早熟，並沒有提早告訴他這一些。

那知名企業突然宣告易主，文教機構一夕之間風雲變色，兵馬倥傯間，人員大量出走，編輯部瀕臨解體。接手的新東家旗幟鮮明、企圖心旺盛，急欲在交接酒會堂皇秀出改弦易轍之後，路線分明、風格翻新的創刊雜誌。律令急急、事繁時迫，編輯部壓力空前。

他原本就是伊最得力的屬下，在急危飄搖之秋更是。他們不多想也不多說，在幾成空城的編輯部，只殫精竭慮、蒙頭緊牙的工作再工作。付印前夕，他們挑燈如晝，竟至終宵，大功告成的時刻，他們生命全然掏空那樣，已虛茫餒軟得無法品嚐喜悅。

並肩走出公司大門，被兜頭晨曦一照驚心，他感覺伊在熹光下稀微的蹌步，便急急出手相攙，於是近身照見這一陣子心神耗盡的伊蓬亂髮叢中藏不住的縷縷星霜，和粧殘彩落、斑駁青蒼的一張，四十歲女子熬夜之後的無可遁隱的眞實面容。

歲月能傷，雕像皺頹。

伊穩妥身、微微蹙額覷眼，和早起一道乾淨透明陽光的交接角度如此剛好，剛好讓他一籌莫展，晰澈澈見伊垂垮如袋暗沉的下眼窩，和眼尾摺起的扇狀紋痕，那些粗細深淺的紋痕忽然潑喇翻騰成一群游動的魚群迎面朝他，他措手不及，倉皇掩面別頭，沒入其中……。

他以和新東家理念不合爲由，編輯部甫添人手，他便跳槽他去，同時並由一個滿圓再度剝離爲半，從此不再提及自己的早熟，也極力規避性靈與世俗之間的許多辯證。

當然他知道未說分由的分手，傷痛會如一劍刺入再反絞，但他如何才能啓齒訴說分明？

說自己的不告而別，只因一道角度剛剛好的，透明乾淨的清晨陽光。

愛情角

深夜路過〈愛情角〉的人都愛分享一種共同的經驗，據說那一彎鑲嵌在墨夜的夢幻櫥窗，具有生死人肉白骨的傳奇能量，能讓頹廢思振作、飄泊想安定、凡常要顛覆、能讓所有搖擺難決的人突然示愛或分手、下碼或走開。它瀰漫一種過渡氣味，讓所有浮象都深沉，讓清醒如獸，靜凝，撲縱。

壹、愛情角

這只是〈愛情角〉生生滅滅、恍恍離離數不清愛情故事中的一樁而已，我注意它，是因爲愈經歲月磨洗沉澱，我愈發篤定認爲，它應該是一樁懸宕的公案，不能簡單只以愛情歸檔。

此地原名〈半路響〉，古代官員進城必由此開始鳴鑼響鼓呼喝清道而得名，只因〈愛情角〉三字人人口順，約定俗成終於扶妾爲正。而逆溯〈愛情角〉的崛起，絕對不能不提位於十字路口的〈歡樂大廈〉。

〈歡樂大廈〉內容的婚禮軟硬體整套全程包辦婚紗攝影公司、歐風自助吃到飽餐廳、婦產科小兒科聯合門診、身心雙修坐月子中心、套房式老人安養中心，全屬史無前例，小鎮第一。有人說，自從〈歡樂大廈〉堂皇問世之後，便無止盡啓動小鎮的虛華機能；卻也有人反駁，說它驅趕了生活的寂寞陰影，然而，笑罵由人笑罵，〈歡樂大廈〉一矗霓虹絢爛，各類新興商家如黴霉厚密孳蕃，不出三年，順利淪小鎮唯一商店街爲流盪夕陽餘情的舊憶老街，躍自己成爲風尚潮流新商圈、小鎮現代文明唯一出入口。從此，以綺麗時新睥睨小鎮山川風物，用那種眞命天子既出，天下非英雄所可冀的霸氣雄姿。

〈歡樂大廈〉對消費族群的羅致也的確人不分男女老少，它尤其擄獲青年男女嗜新趨鮮的浮動心靈，讓普天下渴情慕色的曠男怨女直把流麗繽紛的物件、璀璨明亮的燈影當做另一番形式的花前與月下。究竟是成爲約會的最佳場所才稱做〈愛情角〉？抑或稱做〈愛情角〉才成爲約會的不二選擇？早已無法尋究，只看見光陰靜

的大紅古轎、瓜帽長袍、鳳冠霞帔，入了夜，昏黃黃框在淒暗天地的一隅，竟透出一年，〈今生今世〉大門右側櫥窗佈置成一列中國式迎親隊伍，白日看來喧鬧喜氣

因此，大家都誇張的說，美得過火的事物都帶虛，有鬼氣。尤其知名度剛開那味，讓所有浮象都深沉，讓清醒如獸，靜凝，撲縱。

顛覆、能讓所有搖擺難決的人突然示愛或分手、下碼或走開。它瀰漫一種過渡氣夢幻櫥窗，具有生死人肉白骨的傳奇能量，能讓頹廢思振作、飄泊想安定、凡常要

深夜路過〈愛情角〉的人都愛分享一種共同的經驗，據說那一彎鑲嵌在墨夜的

夢，一座長久隱藏心底祕密莊嚴而輝煌無雙的夢，在可及與不可及之間的夢。

熄，柔彩弧曲大櫥窗，這才是超乎美、超乎眞實、超乎愛情的境地，不在世間，是一彎金澤明月雕刀——〈今生今世〉攝影禮服公司四十公尺長，徹夜聚光燈打照不十點過後的夜晚，天地只留給墨黑和墨黑邊緣更墨的黑，這時候，〈愛情角〉祭出

如果說〈愛情角〉的白日是三月桃花的豔盛，入夜是八寶晶鑽的華貴，那麼，

唯一永恆，廣袤宇宙之不變存在，一意指涉風月浪漫。

足以被造就成一枚鮮艷亮麗的圖騰，不言、不語、不移、不老、不滅，無常世間之靜流轉，戀情以生、住、壞、滅面貌於紅塵俗浪無數次迴環演示，而〈愛情角〉適

一絲古舊迷離的奇魅詭艷，迎親眾人各有態止，肖真肖活著說不出的猙獰，認真傾聽，彷彿還能聽到若有似無的淒厲嗩吶正將夜的黑暗沉沉托起……魆黑、古紅、譎金、森藍，就在中國式迎親櫥窗那段日子，顧緬莒和許晴月初初相約〈愛情角〉……

貳、蕃麥姆

「顧緬莒和許晴月」，那只屬於校園，小鎮居民只說「顧營長伊心後生和老居仙伊心查某孫」，比如蕃麥姆就是。

蕃麥姆和她的碳烤玉米攤土密根深種植在〈愛情角〉，十餘年來，已經化身〈愛情角〉生命牆垣的部份浮雕，風化了也不會剝蝕。

那時，顧緬莒和許晴月以同所國中男女畢業生第一名的榮耀，雙雙考上鄰近著名的省中與省女中，每週一、三、五晚上九點四十分，顧緬莒就騎單車來到〈愛情角〉，等待大城開往小鎮的末班車，風裡雨裡載補習夜歸的許晴月返家。蕃麥姆說起這段故事，仍是將自己手背打得啪啪作響：「嘸免掛錶仔，九點四十，準準，車擱會慢分，人攏𣍐誤時。」

在〈愛情角〉站得像地標的蕃麥姆，早就以不配多言自律，因爲歹命的人沒有開口的權利。靜，是有重量的無形存在，夠久就夠釀醞成一個飽滿的氣壓艙，蕃麥姆將〈愛情角〉的撩亂世情靜默看盡、存放心艙，逐漸壓縮凝塑，啓齒遲遲，但開口的剎那絕對是臨界衝爆的響、猛、準，衝勢拉得語氣都激動無比。

我問過她〈愛情角〉一站十年，可有特別合意的人事？她垂搭的眼皮如散戲舞台的冷幕，觸了一下我來不及設防的尊嚴；她轉動蘸刷玉米的手不停歇；我帶著別人沒察覺的悻悻然迴身舉足正要踏離，背後雷劈電閃好大一聲霹靂：「九月風颱，無人知，有好頭的無一定有水尾。」她在說顧緬莒與許晴月。

一回生兩回熟，那些年，顧緬莒每每停妥腳踏車，文文笑著走過玉米攤，眼睛炯炯亮，欠身點頭道聲「蕃麥姆，你好」，就敧靠櫥窗靜靜看書。二十歲守寡，蕃麥姆是憑丈夫臨死一句「好好飼囝仔」才咬緊牙沒去死，四十歲軍中寄來大兒子「因公殉職」的通知書，才眞讓她死去一次再還陽。一生與男人無緣的信念使她從此對男性未涉少識，即便如此，她仍然結結實實誇獎過顧緬莒：

「看到伊，你才會了解古早人在講个『嫁著讀冊尪，床頭睏，床尾香』。」

「伊企在窗前，後壁正好是那頂紅轎，轎頂那尊姜子牙麒麟親像騎个伊肩頭，配合那一列八音吹，按怎看按怎像『出將入相』。」

那時候蕃麥姆的外孫女小眞天天趴在玉米攤四十燭光小燈泡下寫功課，有一回算術習題寫到痛哭流涕，加上蕃麥姆又捏又擰的低罵聲引來顧緬莒的關注之後，每個等候的夜晚，顧緬莒就主動在攤邊指導小眞的功課。「有時陣，老居仙𠊎查某孫等到吃完一穗蕃麥囉，攏還袂教完。」而蕃麥姆是這樣形容許晴月：「瘦抽幼秀的千金大小姐，一對眼睛活侪侪」，月光下揹著書包白衣黑裙走過街心的輕靈模樣就像「何仙姑踏水飛過大江」。遍閱〈愛情角〉六界眾生情牽緣葛，一直到今天，堪稱慣看風月的蕃麥姆仍堅持無人可及這一對，她總是用她生命中攀頂絕巘的字眼前無村後無店突然扔擲這一句：「尪生某旦」！

尤其「顧營長𠊎後生」，那是唯一能讓她話語稠密的名字。「嘸識看見查甫人那麼好性」，顧緬莒如何爲許晴月披圍巾、戴毛帽、裹許晴月在自己大夾克裡、如何掏手帕細心爲許晴月拭嘴抹汗，這些數不盡的疼惜愛顧都可以不談，只這一件，蕃麥姆不惜單曲無數次重複播放：

「明明坐妥當賣騎去囉，伊一定會擱再回頭，親手握一握後座查某囝仔的腳板，看有放對位無，才會起騎。」

認眞想來，那段日子是蕃麥姆艱苦人生可感美好的一個小片段：自己才五十出頭、蕃麥生意剛起步好轉、看得到一個查甫囝仔的體貼有心，小眞還天天跟在自己身邊。

來無張遲，去無相辭，沒想到那對小情侶臨上台北唸大學前夕，竟然來向蕃麥姆告辭。那天晚上小眞聞訊嚎啕大哭，眾人又哄又笑的聲息猶在耳畔呢！而世事無情，風波變數已等在必經的前方。

偶爾相遇，蕃麥姆不忘打趣那對小情侶何時請喝喜酒，她可以當個「便媒人」。許老居從前行醫的俠氣義風，始終在小鎭傳頌不墜，是小鎭最具威望的「人格者」，許晴月上高中那三年，每天清晨第一班客運車總是破例爲她停在許家門口，司機老大們說得理直氣壯：「是老居仙就可以」。肖想做老居仙倔厝的媒人婆？蕃麥姆何等剔透精光，怎會不明白；絕對不會發生的事拿出來叮咚講，就叫「滾玩笑」，落差愈大，就愈好笑。

什麼時候世事宛如明月，你仍覺得每天月光光，它卻已悄然變化消長？蕃麥姆語不輕出但衝口如截鐵：是五年前島內大選那年冬天……。

政黨相爭，旗鼓幟張，清明單純無法將是非黑白含融呑化，反而助長凸顯。小鎮居民被選舉風鼓促攪得氣脈僨騰、熱血旺烈，空氣每每飽蘊一坨巨大滯重的膠著氣流，逼得大家只有一種選擇不允許灰色存在的紛紛表態歸隊。白天，小鎮是宣傳車與旗海吵響盪搖的焰赤戰場，夜晚，群眾在政見發表會集體失控嘶吼吶喊，夜深時分，〈愛情角〉是被蹂躪輪姦青慘狼藉的女體游息一絲，風一吹，紙張走滾飛揚。

一座躁狂的城鎮，一群流露陰影原形的子民，叫人懷疑平日的安和寧靜是否才是一種病徵？樸質與悍戾同體，幸福與虛妄空前接近。

縣政府工地意外挖出滿滿五箱埋土多年封條完好的上屆選舉票箱、在野黨候選人被扒出祖孫三代風月債婚外情、雙邊人馬衝突白熱化、街上芋仔番薯攤販暫時銷跡匿蹤，就在超級選戰終極峰頂時刻，蕃麥姆常在〈愛情角〉看到許晴月。她說：「嬌滴滴千金小姐變嘎可以落草造反。」

許晴月削尖下巴、大眼睛凹成兩汪深潭，帶領一群人東奔西突，有一次和對方人馬隔街叫囂對罵，她披髮散飛空中，雙手瘋狂張舞，突然拔起旗桿衝向車水馬龍的街心，狠狠射向對街。她面對敵人的時候可以玉石俱焚，將宣傳單交在路人手中託請的時候，可以聲淚俱下，她瘋魔但不狂亂，和那年冬天一個樣：一鎮的滾沸蒸騰，一到黃昏，西天紅得莽莽蒼蒼，無止無盡，街盡頭的夕陽，孤懸，冷冷魑艷。

這樣的時刻，都少了顧緬莒。

只一次，許晴月手執擴音器，站在肥皀箱上疾厲演講，夕陽打照半邊樓壁，天地薄薄漾金，許晴月的控訴愈來愈激烈，眸中跳動兩朵火苗，群眾愈聚愈多，占據街心，交通爲之混亂滯礙，在一切瘋狂、混亂、失序、焦躁之外，顧緬莒牽著單車，靜靜佇立。

然後，許晴月看見顧緬莒，空間無罅隙充塞她煽動力十足滔滔不絕的演說，但她的目光越過人群落在更遠，隔著一汪夕陽的川，緊緊挹注顧緬莒身上。嘩一聲群眾集體鼓譟，聲貫雲霄，許晴月眼光不移，注得更緊更深，話語不喘、不移、不歇、睜睜看著顧緬莒緩緩迴車、轉身、朝往又圓又紅的落日騎去……。

親見這一幕的蕃麥姆說這兩人那天的情景已經「怪怪」，選舉結束那晚，許晴月九點半來到〈愛情角〉，獨自在櫥窗前站，就像那幾年等她的顧緬莒，十點半蕃麥姆要收攤離開了，許晴月還站在原地，稀稀落落的當選鞭炮聲此起彼落，蕃麥姆說她清楚聽到許晴月強忍不住的哭泣聲。從那之後，蕃麥姆再也沒見過這對年輕戀人。嚴格說來最近蕃麥姆算是見過許晴月：

「在電視，水又大扮，在講選總統个代誌，就是報告新聞無？」

「怪怪」是直覺，這對小鎮金童玉女分手的原因？那就遠在蕃麥姆思考邏輯之外，她的世界本來就不敢爲這對戀人設位，蕃麥姆生命中的天地大裂變來自小眞。

小眞國中就和一個家裡包娼包賭的中輟生廝混，國中畢業後不再升學，蕃麥姆罵、打、求、跪都動不了小眞喝了符水似的心。「阿媽！你根本嘸知啥米是愛情」，留下這句話小眞就搬到男方家去住的那一天，蕃麥姆躺在床上一動不動，間歇性乾嚎幾聲，淚水無聲竄流臉上的深深紋溝。自從十六年前，蕃麥姆離家出走的女兒突然返家，留下一個剛滿月女嬰又不告而別，蕃麥姆透夜奔上荒山，在丈夫墳頭磕到額角流血，大聲哀號：「你來教我！你爬出來教我！囝仔到底是賣按怎飼！你教我！」之後，這是蕃麥姆已經立誓不再流淚人生的第一次決潰。

小眞當了檳榔西施，身上加起來不到三尺布，有人好心告訴蕃麥姆，檳榔西施不穿底褲由樓梯上走下來讓客人抬頭看，加價三百元。蕃麥姆垂搭眼皮，手在網架上的玉米不停撥動沾蘸，突然一個字飆射出氤氳碳煙：「命！」

「命」是藥方，無法對症，卻可止痛。蕃麥姆開始認爲災禍磨難逃不過就擔，死不掉就活，反倒好辦，世間最大的痛苦是「嘸知影」，她不知道囝仔到底賣按怎飼？不知道乖乖的女孩子爲什麼一沾到愛情就變了樣？不知道小眞下一步會怎樣？她當然更不會知道，小眞國中一年級「我最難忘的一個人」作文中，她寫了這樣一段：

「……他教我算術時，我都不敢抬頭，只有在他載許姐姐離開的時候，我才敢抬頭看他，看他跨上單車，看他回頭看許姐姐坐好，看他開始踏板，看他慢慢騎走，愈騎愈遠，一直騎到街的另一頭，好像要騎往星星的故鄉……。」夜街、星帷、夢想初生的小女孩、不穿底褲的檳榔西施，落差愈大愈好笑，命運在和誰「滾玩笑」？

參、許老居

顏潤、腰挺、聲洪亮，「七十」這個數目落印老居仙身上只有滿頭蘆白這一椿，四五十年來，他對地方的影響力不曾稍減。

早年行醫，發現有貧病人家該來取藥而未來，他會立刻將藥送去登門看診，年終歲末，他一把火燒盡一年來所有醫藥費欠單。他唯一的兒子在日本行醫承其衣缽，老伴去世後，他便結束醫務，頤養晚年。

大家還笑稱，也許政治就是老居仙的常青藥。選舉來臨，許家舊宅立刻成爲競選總部，他對候選人的支持向來財力、人力雙管齊下。那年，他白髮翻飛，親自在宣傳車上鼕鼕擂鼓過街的戰神模樣，非常的深植人心；組織大隊人馬，口號齊一、步伐鏗鏘閱兵式帶領候選人端莊遊街，更令人迄今難忘；他箭步上前，雙眼凝注對方，握手認眞有力，彷若可以剖心瀝膽的拜票方式，更是許多政客競相仿效的風範。

老居仙實在傲岸爽颯，磊落正大，只心底有一個不爲人知的角落始終不容輕撥，一輕撥就會呈露一座他不願憶起也不願遺忘，風動葉翻的青青芋田。

「老居仙尚怨棄外省人」、「二二八受害家庭生成會反政府」、「拚倒外來政權，隊老居仙後壁就對囉」……，老居仙不耐瑣繁總以「啥米時代囉！嘸通按呢講」大筆揮去，但這些評論即便語帶推崇，這麼多年來仍然不斷刺傷老居仙的心，微，但是深、細。他一直被膚淺刺傷。

如何才能讓狂熱仰望他的眼光和淡凡常？如何才能叫兩造思考的民眾理解，他只痛恨不公不義的人？如何才能昭告全世界，他不是反外來政權，他反對一切惡質污爛，要如何才能讓人相信，他極富群眾魅力，渾身權謀慣擅煽動集體情緒，對陣中鮮讓敵手全身而退，但，他真的敬人重人。多少年來，民眾的迷信只是程度淺深的不同罷了，他怎樣才能教懂眾人，寶劍雖嗜血，但不愛出鞘。

許晴月高中就和顧緬莒出雙入對的事，許老居早有所聞，小學成績單上老和許晴月爭第一名，畢業縣長獎終於被奪去，國中畢業典禮，和許晴月聯袂占去大半獎項的，不就是「顧緬莒」？那時候老居仙對孫女說「更加看看才能選到上好」，不是嫌棄對方，純粹只是寶愛自己的孫女。十多年前他到日本和兒子住了一年，只帶回這個孫女，就因爲這個小女孩水靈活氣特別投老居仙的緣。許晴月果眞月的質、金的命，從小學鋼琴、跳芭蕾、衣衫物件全是舶來品，很小，就在老居仙的書房讀到課本上絕對沒有，連書店都罕見的書。婆娑之洋、美麗之島，台灣是一個聰慧小女孩生命中早識、坎坷、嫵媚、獨一無二的國。

上大學後，顧緬莒或單獨或群集的出現許家，許晴月的朋友同學，老居仙無一不識，顧緬莒英氣又斯文，器宇最是出眾，老居仙見多識廣，暗暗讚服自己孫女的識人之明，卻又無法不面對眞實內心很難言明的微微擰攪。「啥米時代囉」這句話打鼓點般敲響老居仙心腔，逼迫老居仙劈頭照見：「接受一個優秀出色的人，竟然還必須找個理由說服自己？」

有一天，老居仙整理完天井的植物轉進大廳，陡然的暗度促縮瞳孔，他看見一個高大身影佇立在仿明描金花鳥五角大瓷瓶前，背手、半低頭、閒閒玩賞瓶內枝橫椏叉、半人高、疏淡嶙峋的老臘梅，白襯衫挽半袖、打腰褶寬鬆卡其長褲，雕花格窗外冬日遲遲，空氣飄染午后的疏逸味道而庭墀謐靜如許……，老居仙腦門一轟，恍恍回到淡淡遠去的無限依戀的留不住的美好昔日，鼻頭一酸，眞幻明滅剎那禁不住脫口輕喚：二叔！你倒轉來囉！

老居仙的二叔日據時代以優異表現遠赴日本內地求學，東京帝國大學畢業後回到台北辦報社，是少年老居仙矢誓慕同的唯一對象。二叔在家的日子必然高朋滿座，那些和二叔氣質不遠的朋友個個端矜有禮，可是話匣一開搖身便見風發意氣、辯才無礙，民族自決、自治聯盟、請願運動就像活泉，將抗爭批判反威權的精神一點一滴湧注老居仙的生命血脈，汩汩奔流終生。

沒有客人的時候，咳，老居仙一生難忘啊！二嬸喜歡在午后彈琴，音韻流轉滿屋宇，空氣泛漾一股薄薄的茶香，二叔在琴邊在園裡，閒閒玩賞骨董和盆栽，背著手、半低頭、白襯衫捲挽半袖、寬鬆的卡其長褲……。

光復那年，老居仙的二叔樂孜孜返鄉賣田，所得款項全數捐向台北的戰後重建工作。那是老居仙一生最感勃越激發的時刻，因為，二叔的謦欬言動都近在咫尺。

給人希望的所帶來的失望往往等值同重，歡笑與災難同源。老居仙二叔的報紙緊咬不放一樁官商勾結糖業弊案，接著又公佈一份台灣長官公署官員省籍分佈表之後不久，二二八事件爆發，老居仙每日陪伴悽惶返鄉避禍的二叔身邊，看二叔憂悶煩躁來回踱步，吐氣長嘆「群龍無首」、「災星臨門」，他心目中的英雄，化成一隻牢籠孤鴻，鎖緊眉，獨自一人抱著棋盤下棋，遲遲不下一子。

三月下旬，四個穿中山裝的男人帶走老居仙的二叔，二叔穿換整齊的外出服，挺直腰走過老居仙面前，駐足，眼神溫和，定定看入老居仙驚愕的眼底：

「跟大家講，𣍐有代誌，免驚，我隨時會倒轉來。」

那是老居仙最後一次看見他二叔。……

佇立的身影應聲回頭，歛手直身叫聲：「阿公！」原來是顧緬莒來了！

同都深喜欣賞入了心，究竟為什麼自己會厚此薄彼？那天晚上，老居仙認真自問；腦海不斷浮現二叔與顧緬莒影像的交互疊移，速度加快忽忽成風，終於再也分不清哪一個是顧緬莒？哪一個是自己的二叔？

從隔天起，帶許晴月的場合就必有顧緬莒。座中客言論敏感激烈，老居仙會輕淡一句「膨風水雞刣無肉」或斂一斂容，讓大夥過了頭的情緒收束，話題難續。老居仙心開大開，對顧緬莒的愛顧毫不保留。

大選過後，老居仙帶許晴月回日本過農曆新年，一直到去機場那天老居仙才覺有異，登機前老居仙忍不住問：「那攏無看見顧緬莒？」

老居仙後來會過顧緬莒。早已半殘的眷村，只留幾戶獨居老人，顧家好幾年前搬往台北，顧緬莒單獨只為許晴月留下。兩人在芋田漫步，顧緬莒不時為老居仙拾除礙路的石子，大朵大朵芋葉身邊翻浪，望著小路那頭磊磊堆高的白雲，老居仙突覺一陣悽惘，他多麼喜歡眼前這個他根本掌握不住的年輕人！打破沉默，老居仙使用他抗拒了一輩子的語言：

「就這樣結束？到底為了什麼？」顧緬莒啞然以對。

「難道是，難道是政治？有的父子、兄弟、夫妻也都政治對立，民主時代嘛！什麼都不影響，你們的愛情，如此禁不起考驗？」顧緬莒淒然一笑：

「阿公！不是因為政治，是被政治引發出更多更重要的其他。」顧緬莒鄭重得像下印落款：「有些事，看到了，就不能裝不知；有些感覺，岔開了，就回不去。」

「回不去？」老居仙來前設想各種可能，獨漏這一樁。那麼，話說從頭吧，老居仙一向主張誠意了解，他說：

「其實，我並不像大家說的排斥外省人，在野黨的缺失，我嘛攏要管要罵。悲情與批判本就是台灣人的特質，這幾年，不只是我，是局勢，悲情可以淡去，批判永存。」

「阿公，過去文化協會成立的目的你還記得嗎？」老居仙一驚，這個外省囝仔也懂台灣史？「教育，對不對？無論在那一個時代，廣大的民眾都需要被教育。教育是精英份子身上的使命」，老居仙腦海油然浮現二叔回國那一年，一垛白牙齒，咧嘴笑著說是要去霧峰夏季學校教課……，「阿公，你的方式原始激進，像野林中的急瀑，沒有人能探知你的純正動機。人們景仰你，你卻沒能教育群眾。」老居仙憮然許久，顧緬莒的話正中鵠心，他心中本來就有癰疽，戳膿的痛楚，他不但不怕，反而期待讓痛湮漫，痛後再重新來過。顧緬莒繼續在說：

「群眾的仰慕期許其實也拘限了你，對不對？理性很難與狂熱對話，你就選擇習慣且容易掌控的方式，太多年了，阿公，在政治上，你一樣也回不去了。」

「回不去了」再一次刺痛老居仙的心。在透澈與未透澈之間，老居仙心念紛亂，理出一絲清醒追問：

「晴月不同於一般民眾，她聰明理性，她知道愛情和政治的界線。」

「將信念教育給下一代是很神聖也很危險的事。對自己而言，信念是有機體，在歲月中一定會起轉化，愈誠懇面對，信念的成長就會愈圓熟正確，在時機成熟的時刻，甚且看到自己在移位。這些，信仰你的人絕對無法如你，誇張一點說，你抽身拔離了，信仰你的人還耽溺原境。除非他們自己生命中也有時機成熟的時刻，否則，他們多半拒絕接受改變，接受改變就等於覆滅否定過去的自己。」老居仙喃喃似自語：「你怎樣个這了解？」

「人性，阿公，政治凸顯許多人性，凸顯很多連愛情都不足以讓我假裝沒看到的那些更重要的其他。」

…………

回家後，老居仙病了一場，病癒，一切如常。在政治與非政治之間，他仍不很清楚顧緬莒和許晴月感情回不去的問題，卻愈來愈清楚自己的回不去。這二年，許晴月在政壇初露頭角，使老居仙在小鎮倍加風光，常有人討好著對他說：「老居仙，您查某孫青出於藍勝於藍咧」，他總是微笑頷首。老居仙尊貴、傲岸、正大、爽颯，他向誰去訴說自己心中永遠有一片回不去的芋田，白雲磊磊在路頭，風一吹、芋葉曳搖、有個外省囝仔、那麼英挺斯文、那麼貼近他的心、那麼的輕易與他擦肩而過……。

肆、顧緬莒與許晴月

我們是高峰絕頂僅有的二朵純白潔淨唯美的雲，相遇，是天生必然。

許晴月高二時的一句話，令顧緬莒一聽大喜。這句話不但將顧緬莒從小學就對許晴月一往情深，以及後來一切合理不合理溫柔對待詮釋得一言以蔽之，而且這句話本身就十足的許晴月——一點倔傲被美感溫柔全然包覆，猶有餘影。

多年前在速食店，許晴月由書堆抬頭，綢白肌膚，雙眼皮又深又彎的大眼瑩瑩發亮，啜口紅茶淡淡的說：「這些歷史、三民主義都是垃圾」的景象，曾叫顧緬莒由衷傾心著迷。女子聰明獨立度不高，不足入他的心。

顯耀豁亮許晴月的，與其說是大學校園，不如說是解嚴的年代。那些年，以台灣爲主體的社團是爲校園新貴，許晴月以比別人豐富的台灣視野以及犀利捷疾的口才迅速脫穎而出，她至柔身上散發的至剛堅毅，尤其令她魅力畢現，終於在她竄起成爲社團領袖、學運中堅份子的同時，她亦清晰察覺顧緬莒前所未有的恐慌與不安。

顧緬莒不只一次擁她入懷，輕輕問：「你還是我的小公主嗎？」許晴月聞嗅她熟悉一生的氣味，毫不遲疑在顧緬莒胸膛大力點頭。善規劃的顧緬莒早就告訴過許晴月，他會是一個出色的名醫，親手打造雪夜裡也煦靜如春的家，一輩子護愛家人，老了，帶妻子回小鎮定居，更老更老，二人就化爲蝴蝶翩躚雙飛……。沒有人不誇許晴月冰雪聰明，但她心知肚明，自己最大的聰明，就是知道自己要的是什麼，她最喜歡在顧緬莒眼前的那個自己，她一生只要顧緬莒，只是，王子公主從此過著幸福美滿生活之前，她要當許老居的孫女。

他們開始有了不同，一個朝往前景可望的理想走去，一個不斷在鐵蒺藜拒馬間推擠。由於愛，他們努力在業已改變的關係結構尋找新的均衡點，很疲憊辛苦，但不如此，又何以證明深愛？而均衡點的尋覓調整似乎並非最苦最難，更苦更難的是均衡點挪移不斷形成常態，該如何丈量得清彼此的距離究竟有多少？兩人的定點究竟在哪裡？

大三暑假，那個兩人又一起在老居仙書房翻書聊天的尋常午后，許晴月扔下一篇文學獎得獎作品，冷哼一聲：

「絲毫不見社會關懷也會得獎，賣弄矇矓意識流成了淺薄的無病呻吟。是台灣社會的畸形，才造成這許多變態的精神面，而社會如此，政府要負全責，虛無飄忽的政府才出虛無飄忽的子民。」

「政治爲觀世唯一角度，太狹隘霸道了吧！」顧緗莒閒話家常。

沒料到許晴月突然站起身挑動眉毛疾急的說：

「從根本剜除爛肉，爲台灣找尋新生命才是愛台灣的方法。在台灣不知有多少機器人高中生、幼稚園大學生，考試一百分，卻連家鄉的山水、賢人都不知道，你說好了，你知道灌溉附近十二個鄉鎮農田是哪一條河流嗎？你知道小鎮的沿革發展史傳人物嗎？不知道，對不對？」

話語方息，空靜飽脹，兩人相視錯愕。顧緗莒第一次正視倔傲沒被溫柔美感包裹住的赤裸的許晴月。許晴月由緊繃逐漸放鬆，眼神欲哭無淚，腦中空白突然閃現平日顧緬莒意味深長的柔情提醒：「別把胃口養大了！」

顧緬莒不顧驚慌失措的許晴月，出門之前回頭緩緩的說：「我只知道台灣人應知台灣事，所以，大家都追趕著去知道；可我眞的不知道，這樁事竟可以拿來哄抬自己嘲笑別人。你將台灣愛得眞膚淺，很做作。」

回家路上，顧緬莒車飆似亡命，他自己也不明白爲什麼，從來對許晴月無話不說，竟然遲遲沒將加入地方文史編纂的事說出口。

情人間的不悅，似薄冰，迅速消溶。只是有了這番衝突，相處更加小心。相愛，沒有人動搖，令人措手不及的是，愛情之間不單只有相愛這件事。

老居仙公開承認顧緬莒的事來得恰如春陽，使兩人長久相屬的默契渾然具體，婚事就是下一步。多了和政治立場對立的人逢識聚會的機會，相對於老居仙的刻意迴護，顧緬莒屢屢微痛於許晴月未察的粗心。父親搬離眷村前夕不經意的一句話突然從四方八垓之外，逐漸包抄圍攏：

「我們老早就把晴月當一家人，你選擇的不會錯，不過她對我們一家人的隨和，總帶有距離。」

冬天，他們回到半瘋狂的小鎮，顧緬莒很難見到許晴月，選戰以超乎他所想像的巨大屹立許晴月眼前，遮蔽全世界。

那一次，顧緬莒專程去到競選總部，許晴月一迴身，兩人劈頭照見，顧緬莒直直看見許晴月思緒未及整理的很原始的眼神次第上演著「你怎麼會來」、「這裡不是你該來的地方」、「你爲什麼要來」的慌亂戲碼，然而，不留心一定可以漏掉，很邊陲、很微渺的由眼角梢末流露出的那束餘光，才眞正將顧緬莒一把推到迢遙洪荒，那束眼光在說：「非我族類。」

當天晚上他們見了面。起初許晴月被靜靜的悲哀包裹，她從沒想過他們的愛情也需要有談判的局面，一直她都深信自己的愛情與眾不同。逐漸她飽脹的腦不能自主價張著混亂片段的選務：情勢告急、調度失靈、阿公累倒在床……，耳中嗡塞顧緬莒不停在訴說的關於價値順位、人生信念的問題，她卻一點也無法思考與諦聽，疲憊襲身，她感覺自己一塊塊在渙散瓦解，顧緬莒彷彿鄭重在說「選舉有了你，並未決定什麼，我們之間，你卻有絕對主宰力，所以，你退出助選，知道嗎？難道，你會希望我倆之間有一人退出愛情？」許晴月用不斷的點頭暫且爲負荷不了的眼前脫困，內心有聲音虛弱呻吟：「一切等選完再說！」

隔天，在〈愛情角〉，她站在肥皀箱上慷慨激昂又蒼虛無力的看著顧緬莒轉身離去而四野暮合，夕陽如血。

那夜，其實顧緬莒赴了約。一夜未眠，又一整天將自己麻痹在電腦枯索單音裡，只恐任一萌生的念頭皆心驚。接了許晴月的電話，他迅速出門，決心要將橫亙愛情的所有崎岔紛擾隨選舉的落幕灰飛煙滅，他和許晴月的愛情能量充沛，修復再生必能完好如新。從〈愛情角〉的一個彎角正轉出，迎面聳立的〈歡樂大廈〉煌熒燈火正一樓一樓陸續滅去，顧緬莒爲眼前景象本能煞停，在當下這一瞬間凡念盡釋一如燈滅，黑暗侵蝕過來了，四面八方蒸騰，然後他看到一樓櫥窗一帶金亮彎弧流暢優美，襯映蕃麥姆和她小燭光攤車竟有著卡通模式的突梯奇幻，而他的公主，選舉夾克、牛仔褲、氣墊鞋、蓬亂短髮、乏困不堪敧倚櫥窗……，好多年前，也是這番情景，那時，風波尚在天邊，愛情裡只有愛情，他愛極了佇立窗邊守候的時刻，深信只要夠眞、夠久、夠莊嚴，他的公主就會朝他走來；巴士無聲泊停，世界宛若光影疊合幽深舒緩的海；幸福就如斯降臨他的生命……，好多年前，他的夢、他的愛、他的最初、他的等待，只爲你，如花美眷、似水流年啊……，顧緬莒凝睇那一彎金澤淚如雨下不可阻遏。一蹬足，他就可以輕踩踏板向愛情重新靠近，但他的雙足竟至千斤重，遲遲無法下踏。那一夜，顧緬莒就在原地，動也不動的望著街那岸的許晴月掩面、蹲下、蜷身、哭泣、走離、行遠⋯⋯。

那一夜，月，獠牙白；月光，青瘦，顧緬莒從此不曾再回小鎮。

伍、居民甲、乙、丙⋯⋯及我

小鎮如昔。選舉固然挑起人們心中隱藏的鬼，但那年大選彷彿是個高點，接下來便是下坡，鎮民的政治熱早已退燒，安定凡常就是那抓鬼的鍾馗。你看每天下午必定在福德宮相候下棋泡茶的居民甲、居民乙，他們在六年前大選期間曾經拿鐮刀鬥扁擔。

而〈愛情角〉，即便〈歡樂大廈〉頂樓安養中心的小火災燒出一些大廈安全問題，似乎也絲毫動搖不了它的小鎮天王地位。雖然居民丙剖析，新任縣長家族買下小鎮東郊的大片農地，屆時炒熱地皮重劃土地，會有一幢十二樓高的百貨公司成立，鐵定可奪去〈愛情角〉的繁榮光環，不過此言一出必有反駁，居民丁振振有詞：「愛情不死，〈愛情角〉就永不沒落。」

至於許晴月和顧緬莒？一個在所屬黨的婦女工作部當領導者，最近正在電視上大談兩黨輪替，一個服完兵役在當醫生。他們的故事至今仍是小鎮居民揀去配飯的好材料，而分手的理由，不知爲什麼人人愛當權威：「老居仙拚死反對啦」、「政治因素無」、「選舉一輸，就變卦囉」……，這種話題，居民戊己辛、庚壬癸全都各有想像自成一家。小鎮清，襯得是非明，不必見怪，但他們的看法我可一點也不同意，大家都忘記〈愛情角〉傳奇了嗎？它瀰漫一種過渡氣味，讓所有浮象都深沉；讓許晴月、顧緬莒這對金童玉女黯然分手的，當然是夜晚十點過後，天地如硯墨相磨，墨黑加稠加深，〈愛情角〉適時祭出的那一彎金晃晃的明月雕刀。

當然是，不信的話，你走近愛情；喔不，走近〈愛情角〉，試試？

牽手就是一輩子

逮一個營帳裡只有粱進的時刻，懷月旋風般捲進，麵粉袋裡抖手流出一堆信漫在粱進桌上，「這些信是不是你寫給我的？」唰一聲粱進臉紅到脖根，那天懷月一身小花布衣裙，鼓著腮，眼圓睜睜，很粗氣的說：

「你到底是要不要娶我？」

陸橋騰空架在大城鬧街，已涼天，秋風翦雲。

懷月倚橋迎風，垂臨橋下如蟻梭織的人群，如沸蒸騰的市聲，正合戲詞一句「六街三市熾熾滾滾，世間豪宴一場繁華」，而爭爭只自己一人獨在繁華之外，無緣繁盛？

想自己一生好勝，如今，天地之大，何處容身？一陣瘋狂大採購，提挾抱著華洋百貨一口氣走上陸橋，換氣間氣一餒便覺得手腳虛軟，一陣悲涼逼驅，舉步就此維艱。風吹來，華髮翻飛，吹散懷月最後一絲殘餘的倔強堅持，面對巨幅電影看板上鮮眉亮眼笑著的年輕女人，懷月終於眼淚如串珠，撲簌簌墜勢難禁。

累積數十年，該探該見的，全在這兩天半一網打盡。而兩天半就能償卻的心願；懷月第一次懂得問自己：爲什麼這一拖數十年，竟至出門好似登天難？

數十年來，家就是懷月毋庸置疑的天，這幾天她的毅然出走，彷彿反身一撲的驚人勇氣；本身力量加上彈勢；很大氣的在向天質疑。出門那天，懷月一身六十大壽才穿的珠灰絲綢旗袍、珍珠耳墜、挽式蛇皮提包走過客廳，束頭帶，背龜殼正翻身上椅背的元元對眼一愣，呆在原處動作不繼，像思索的小狗，一頭霧水混合剛長牙滿口溼濡的口水，對大不同於平日布衣簡服的奶奶淹去潑瓢傾甕的訝疑，美亞放下報紙，撮嘴吹一聲翹尾長口哨，懷月企圖用權威打破尷尬，對媳婦沒好氣扔話，頭也不偏直趨大門：

「下巴都快紅破皮也不幫他擦乾，口水滴髒了沙發套，有本事自己弄乾淨，別留著等我回來！」

元元大夢初醒急要追隨，一步踉蹌由椅頂摔個龜殼朝地難翻身於地，美亞伸身疾驅，元元尖叫嚎啕，懷月忍著疼不回頭，用門將元元呼喊奶奶的嘶叫聲「砰」地關個無息無聲。

最先拜訪的當然是團長夫人，懷月軍人婦的職志，全是團長夫人身教。初識夫人那一刻，劈頭容光可鑑、照面溫婉風人，全不似懷月從小熟悉的聒嘵村婦，懷月只覺走進瑤池見了仙女，形容美好難狀。一直到好多年後，在女兒的閒書上看到「十五月光下的一顆白玉珊瑚」，懷月才忘情大叫一聲：「司徒夫人！」那天，司徒夫人彎著月眉眼拉起懷月的手為她串上兩隻扭花金絲鐲：「你叫懷月，我叫映霞，瞧我們有緣，團長帶過海來的全是自家人！」

鎮上小小木板照相房擠進擠出四、五個連上弟兄，就像胖子穿窄衣，隨時都有爆裂的危機。梁進挨擦過懷月，胸花別針每每鉤扯懷月的頭紗，西服、白紗禮服、頭紗、捧花全租自相館，惶恐著鉤破要理賠，懷月竟然拍了張與新郎楚河漢界，捧花、頭臉都偏斜向外的結婚照。就在那冬日木窗外爬滿紫紅九重葛的小鎮照相館，司徒團長及夫人，是懷月和梁進的證婚人。

再見團長及夫人，梁進剛被遴選為中等學校教官。拍達一聲雙踝靠攏，好大一個筆挺徒手禮——團長好！透露多少欣喜豪邁，團長儼然，懷月從不敢正眼迎視，夫人在廚房偷偷告訴懷月，團長偏憐梁進。進餐間，金門大麴染紅男人的頸頰，梁進雙耳似火炙，平日的端矜沉沉醉去，竟然敲著筷宣佈懷月已有三個月身孕，團長仰天放聲大笑，懷月不飲而酡紅，一個傾盡杯乾，團長凝目懷月：

「男要落拓，女要溫柔，先來個壯丁叫梁拓，再生個女兒叫梁柔。」

軍令如山，懷月果然生下梁拓；二年後再添梁柔。

團長及夫人無子嗣，老有人勸他們上台北華興領養孤兒也不見他們動靜。團長動盲腸手術，鄰床本省男人的肝疾夜裡告急，需進緊急開刀房，男人的妻用生破國語央求團長夫婦，願以出生甫三個月的小兒子交換醫藥費，團長慷慨允諾，但拒絕奪人所愛，那墜淚的婦人雙膝撲通一聲跪地：「我有七個囡仔，伊隊（跟隨）你才有飯吃，隊阮只會夭（餓）死！」

出院後，團長家多出一小口，喚名：司徒台生。又老有人勸他們領個本省小孩已經夠傻，將來回大陸還刻著「台生」難保不起疑雲。團長大揮一揮，盡掃瑣言碎口：

「領養就領養，在台灣生就在台灣生，是台灣人就台灣人，幹什麼遮來掩去，台灣生的就不是中國人呀！」

台生爭氣，進軍校當上學生旅旅長，人人都說他和團長神肖韻似。畢業後在中山科學院做高科技研究工作，和自己親生父母早已相識。前年團長七十大壽，弟兄們四面八方山巔海湄能來的都來了，奇怪這一群無論發的蹇的沒一個光鮮體面，全都灰撲撲一身衫褲，髮已華白，皺紋比多比深，濟濟一室扯破喉嚨答數唱軍歌，噙淚輪唱：風在吼／馬在叫／黃河在咆哮……端起了土槍、洋槍／揮動了大刀、長矛……保衛家鄉／保衛黃河／保衛全中國。一遍又一遍歌聲不能止，懷月俯身，第一次近距離凝視團長，兩條不息的小川從團長的眼尾汩汩流到耳後看不見的髮叢，而懷月自己的臉上也早已大雨滂沱。台生代表父親致謝詞，那時，團長已中風二年，不能言語，幾個月後，便溘然長逝，台生毅然放棄赴美深造的機會留下陪伴夫人。清瘦蒼白老了的夫人與懷月在黃昏的小客廳款款敘舊，指著牆上台生的戎裝照無限感念：

「這孩子言語舉止表情無一不是司徒義，誰能相信沒血緣也能如此融合，我們千里迢迢飄洋渡海來，就是爲了遇到這個好孩子，而梁進便是爲了遇到你，你說是不是啊懷月，全是好緣。」

懷月恍恍回到昔日那懷念的小相館，梁進斯文英挺，頂愛紅著臉笑……突然聽到夫人在說：

「在老家，梁進是有對象的，就團長的遠房表姪，女中的學生，喝了湘江水鵑伶伶的還愛吹簫，抗戰勝利後，大夥得空去遊湖，亭欄旁芍藥花正開，一湖畫舫彩舸，楊柳絲撮撮條條飛，他倆就在亭內吹簫，團長遠遠看著，開心的不得了，輕說了一句：乘龍快婿！」

懷月禁不住了，忙倒茶挪几挪整理椅墊，又聽見夫人說：

「楊秀還在，吃了不少苦頭也沒嫁人，她的福氣不如你，懷月。這次梁進回去會見著她的，只惜團長沒來得及回鄉看看，就這麼點心願將來讓台生幫他實現，我就守著這屋子好過日子。」

懷月心中悶搗一記，霍然站起來，主動要幫夫人大掃除，要不找些事做，懷月一向清楚的思路記性，會逼她將記憶委屈羅縷幡旗招魂全部喚回，那麼，藏在梁進舊日記簿夾頁，明眸善睞雙辮女子的泛黃照片，梁進得知開放探親消息的魂不守舍，梁進偶爾對她冰雪聰明惜少讀了書的微憾，聽來的回鄉探親一去不還的現代陳世美二三事，就會全撲湧而上錯綜交織做纏身貼膚的細網，軟軟膩膩糾糾結結，縛得個性急刺刺的懷月耐不了煩又卸不下惱。才說著大掃除，懷月已換妥夫人的便服四處翻找器具，顧不得夫人的攔，也顧不得斜西的日，微露的星。睡前，懷月矇矇想起元元涎在沙發的口水漬，不知道美亞那銹逗的腦袋，記不記得替植物澆水，尤其是東北窗下，種什麼都不茂翠，梁進回湖南前才新栽的十數株「落地生根」。

清晨辭別夫人，懷月一路南下尋向舊眷村。身為軍人婦，言談舉止不沾是非，暗裡懷月學的是司徒夫人，水餃湯包麵疙瘩，明裡懷月學的是徐太太。眷村三年，大家不冷不熱眄眼等看這「台灣查某」惹出些笑話閒事，只有徐太太赤心一片，後來梁進轉軍訓教官四處徙轉，與眷村一別數十年，萬萬沒想到梁柔會在校園遇見徐家獨子……。這幾天要不是梁柔飛布達佩斯不在家，懷月是出不了門的。凡事瞞不過她的機心慧眼，那天懷月怔在窗邊出神，梁柔嘖一聲啄懷月的面頰還大聲嚷嚷：「媽害相思病了，擔心爸爸不回來囉！這種病沒藥醫，除非……」，然後就咿啞唉喲唱起懷月最愛唱的梁祝插曲：

「一要東海龍王角／二要蝦子頭上漿／三要觀音……」，在廚房煎魚的美亞漫著魚香聞聲遙和，兩人還飛天之姿飄出會合在甬道連唱帶比劃，梁拓正巧開門進屋，公事包隨膝一齊落地道聲：

「娘，梁兄哥給您請安！」

元元湊著熱頭，嘻笑著跑到懷月跟前討好，愕然於奶奶一張不笑的臉。夜裡，梁柔進房來，和被一起緊緊用手箍住懷月說：

「縱然全世界的男人都變了心，也只有一個人永遠不變，媽，你很傻。」

關於梁柔，懷月從來就不知該拿她怎樣才好，小學五年級，家裡突然來張全縣好人好事代表受獎通知，原來她從一年級開始就揹上扶下照顧班上一位殘障同學，下了課教功課還會爲此和嘲弄的人打架，這事就數家裡最後知道，梁柔理直氣壯說：「這也算是件事啊？」往電影院門口一站就有人搭訕，唸省女中時，天天下課有人跟蹤，梁拓不同時期的哥兒們，常這個那個的爲梁柔神魂顛倒，梁拓終於忍不住嘆氣：「不知道他們究竟是爲了追妹妹還是眞心和我臭氣相投！」然而梁柔說有多美麗就有多倔強，從中學大學到空姐，被她冷而有禮的答話，疾而俐落切電話的男生組組剛好成個連，懷月背地咕噥梁柔不留情面眼睛長在頭頂上，梁進就瞅著懷月笑：「誰生的當然就像誰。」

梁柔遇到徐蔚然，懷月這才發現，二十年來在女兒身上從未存在過的溫柔愛嬌，原來是在儲蓄積存，然後完完全全不遺餘力地傾注在一個人身上。那時梁柔大二，在學校演徐蔚然編的話劇，每次懷月等門，明明聽到梁柔回來了卻遲遲不進門，懷月嘩啦拉開大門，總看到燈下一個瘦高男人在含笑致意。話劇公演結束了，梁柔死守電話邊，每次夜裡回來，眸子熒熒發亮，那陣子，梁柔美，美得發艷。徐蔚然服役前，梁柔正式讓他見父母，談到軍眷，南台灣，光明新村，赫然發現是舊識，當場懷月和徐太太通了電話，對於子女的相識相戀亦驚亦喜，齊呼姻緣天成。徐蔚然留美那年梁柔考上空姐，說好要兩年後回來接梁柔就果然回來，懷月正準備標會爲女兒辦婚事，卻發現女兒分外沉默黯然，和徐蔚然通電話似乎都在爭執，每趟飛回來，懷月總感覺女兒消瘦，肩削薄了，兩眼凹成兩個大黑洞，窄裙著身竟然空晃晃，連神經特別大條的梁拓都說「我看八成出問題了」。

愈是倔強的人吃了苦獨忍愈叫人心疼不已，連歡都佯不成，等於撤去拿手絕活對自己氣結心死。懷月去敲女兒房門那夜，清輝盈室，梁柔散著髮趴在懷月肩頭大哭，淚溼至懷月背梁，懷月邊哄拍梁柔的背邊問是不是蔚然變了心，梁柔卻使勁搖頭，時間與空間都靜得只剩梁柔在月光中尤顯澈亮的哭聲，良久，懷月安撫女兒躺下，輕拂女兒髮際的亂髮，好像很久很久以前梁柔的年幼，梁柔安靜淚流：

「不是他不要我，也不是我不要他，媽，我很難向你及向任何人說明這件事，兩年多以來，我在世界各地飛，無論天涯海角回來，只要看到藍色大洋中小小的台灣島，我都會在心裡大聲歡呼。晚間回來，由空中俯瞰一城的台北燈火，心中波一聲也全點亮了，我回來了，回到屬於我的地方，就這麼簡單，但是卻找不到一句最貼切的話來形容我那一刻的感受，世界大又美，卻沒有一個地方能替代這裡。」

「每個空服員都嫌棄台灣乘客，說他們粗聲粗氣，亂無章法，素養欠佳，但是我一看到台灣乘客，心中雖難免怨他們不爭氣，卻服務得特別周到殷勤，因為別人可以嫌我們，我們怎麼可以嫌自己國人，我巴不得國人能自愛，但更捨不得他們被冷淡厭惡……。」

「媽，我是這樣看待台灣及住台灣的人，沒有人教我，我生成是這樣，但是，蔚然卻認為台灣樣樣不好，他一心嚮往白人社會上階層人的高尚生活，他要拿綠卡，定居美國，讓下一代說英文用刀叉，徹底洋化，媽，他以黃皮膚黑眼珠為不如人……。」

梁柔再度哽咽，事情比懷月所想複雜得太多。

「以前我和蔚然只顧著相愛，以為家庭背景相似一切都不成問題，但是要由事件中才能看進一個人的深處，這次蔚然回來，不是他改變了，而是我以前沒看清楚他，『當不當美國人』這件事使我們兩人分明無比，它激盪出我們的不同，唯一的不同，永遠合不攏的不同……。」

勉力到江邊，只見帆影遠，懷月並不能眞正搭上梁柔話語的船，她在心裡暗地嘀咕：難道不能美國台灣去去來來？難道不能結婚後再打算？難道雙方不能遷就？……，但她依稀可以感受令人腸熱眶潤關於情義的種種，從來她都不知該拿梁柔怎麼辦才好，這一次，她爲梁柔掩門而出的時候，在透窗的月光下站了一會兒，感覺到一種很巨大的迷茫與驕傲。

徐家一直不諒解這件事，徐太太電話中直說：漂亮的女孩心都不定。梁柔過三十歲還沒對象算是對這句話提出抗議。這世上，好似沒有第二個從前的徐蔚然，或者，梁柔的愛情一次已用盡。三十的梁柔嫵媚亮麗，高䠷依然，對人不甚留情面的作風也依然，懷月抱怨美亞笨手笨腳丟三落四，梁柔回口就頂：

「討個能幹精明媳婦進門，顯出你的老沒中用，你覺得會比較好嗎？」

懷月氣得頭頂生煙，後來想想處處是理，美亞凡事不計較的甜個性的確才是寶，而聰明剔透的人，常走到人走不到處參透且說破天機，因此總要折福以償，莫非梁柔就是。

舊眷村已改建成十樓電梯公寓，懷月在七樓尾找到徐太太家，門鈴響了許久不見人來，心想來前打過電話的，正返身欲離，身後大門喀答一聲打開。

徐太太佝僂著身蹣跚舉步，倒茶讓座忙動得熱情呼呼，但由於身手拘礙顯得十分的心有餘而力不足，二十坪大小的公寓霉濕陰晦，懷月坐在一堆未摺的衣服邊，啜口茶，抬頭看見透窗而入一道斜撇過屋的光束裡浮塵無數。

徐先生爲懷月買菜去了，徐太太話眷村今昔，說自己的類風濕關節炎，翻出一大疊彩色相片，相片上都是徐蔚然及他的金髮妻子和兩個洋娃娃似的女兒。徐太太話沒停……。

六十坪房子一百多坪庭院還有游泳池；懷月忍不住再打量一遍這隱約漫著酸腐味的陰暗房子；安妮在一家公立醫院當護士長；徐先生帶徐太太看病八成就坐牆角那部輪椅，上下七樓即便電梯也極吃力；蔚然婚後胖了十多公斤現在天天上班前晨泳減肥；徐太太白髮乾枯，瘦得有點桀然，懷月禁不住想難道自己也老成這樣？蔚然前幾回也寫信來要我們去住一陣，我心裡極想但病成這樣怎麼去；光叫來住一陣，怎麼就沒想過回來看看；他們年輕的過得好，不叫人操心就成，我們老的怎麼過其實無所謂；懷月溜眼餐桌一個垢黑的鍋，幾罐開及未開的罐頭；就是有時候好想念兒子卻摸不著看不到得難受；懷月想起梁拓的裝瘋賣傻，元元天天得摟著她的脖子才睡；人生就是這樣吧，兒子大了有了自己的天地，老的責任了卻活著等死喔；這論調懷月可不贊同，父母全心爲子女，子女也該分心給父母。懷月呑下當年梁柔多麼愛而痛苦的那堆話，對著照片中樹花繁茂屋宅高雅摟擁妻兒小腹微凸，卻讓父母在遠地寂寞中老病的微笑著的徐蔚然，暗而重地啐了好大一口不屑。

近十二點，徐先生綳帶紗布天殘地缺由一個警察攙扶回來了，菜籃扭曲籃中物混成一團狼狽，說是在市場邊的十字路口被摩托車撞個倒地難起，話都說不出來。中餐由懷月一手包辦，徐太太涕泗零落，徐先生連聲哄慰。由徐太太家告辭而出時，午后陽光兜頭一照，懷月頓感萬念紛雜，唏噓不盡。

再走訪昔日住學校教職員工宿舍時的幾個舊鄰居，然後，懷月就放逐自己在大城鬧街各大百貨公司間流浪，做五光十色繽紛撩亂裡滿懷心事的寂寞轉蓬，努力用大肆購買強拉住直往悲裡去的思緒。聲光褪去，獨立陸橋，高處襯得人分明，剛用清潔劑試淨的透明大窗那樣，懷月的委屈這才無處遁形，嘩啦啦化而爲淚，奪眶如雨……。

終於還是走向自己的老家，濱海的小漁村恆有林岸斜陽的召喚，近鄉情怯的原因是，四十年來每次回娘家無不是梁進陪著，梁進是他們的姊夫連襟姨丈丈公，而這次，懷月極不願有人提梁進。

漁村的蛻變如歲月中不斷長大的小孩，每隔一段時間的乍見，都在做前一次成形印象的反動翻新，四十年前滿村豬圈溷濁的氣味一洗，摻和糠秕的土塊屋幾告絕跡，放眼鋼筋洋房兼或零星幾幢二丁掛瓷磚樓房矗聳，乾淨整齊的柏油路道鋪陳成村莊的靈魂，從容走出一村定定靜靜裕裕足足的清朗面貌。二十年前政府規劃西部沿海漁村爲「自強社區」之後，貧窮落後荒僻彷彿昨夜的一場悲夢，清晨醒來，了無痕跡，只有扶桑的艷紅、九重葛的亮紫、絲瓜花的鮮黃依舊，碧淨天空下潑顏倒彩，以滾浪倒江之勢美在高高低低的屋宇上、迤迤邐邐的巷弄裡。

懷月走在黃金榕夾道的田路，遠遠眺見村邊白蕾絲浪裙款擺如律的大海，發現自己也正置身隨風推移的金黃稻浪裡……。

那年，部隊由舟山島轉徙而來，找村裡的廟口、稻埕、樹下搭營帳，懷月成天趿木屐營帳前進進出出，知道門口大槐樹下駐著一位上尉連長，至於是圓是扁，她才沒興趣多看一眼。那時候，她一收拾妥白天的工作，就要走十幾公里路到鎭上學洋裁，洋裁老師會將時新的台語歌抄在小黑板，夜裡，懷月和一群村中女孩將木屐踩得喀咔喀咔和著新學的流行歌，一路嘹亮唱到家，而懷月的歌聲和她白皙幼細的膚質都睥睨群倫，映月生輝，宛若瑩潔月光下婉轉歌唱的一朵白蓮。

颼颼風的雨夜，懷月發覺窗外人影晃動，放膽開窗，一個裹濕軍毯男人正哆嗦不已，雨水四方潑打，正沿簷滴落他的眉睫，男人靦腆狼狽中苦笑致意，懷月努力一想，原來是那上尉連長。懷月順勢請他進客廳避雨，不料卻被堅拒，好心被負，矜持蕩然，懷月拗脾氣一卯，強硬催請，連長逼急了忙正色道：

「上頭命令不准擾民！」

終夜雨驟風狂，懷月睡不成眠，輾轉間覷眼看那人影像撕黏在窗戶的剪紙一夜未去，沒想到，後來這上尉連長也如此這般的貼向懷月的生命一生與共，他就是——梁進。

正式照面之後，懷月開始感到處處看到梁進，有時他在營帳內寫書法看文件，有時他從出操場歸來……，到「籤仔店」買鹽油，懷月也耳尖聽到阿兵哥們談起梁連長，梁連長是投筆從戎的青年軍，是人們口中溫厚有學問的人，而懷月偷偷地愛看他戴墨鏡，一身草綠軍服坐在吉普車上，車馳掣而過黃沙飛捲，他長筒軍靴瘦長綁腿跨架車門——那揉進斯文，不霸道的帥氣。

接到的那些細字毛筆書寫的端正書信從未具名，但懷月心底偷笑，除了梁進，她這一輩子還沒見過有誰會用毛筆，收信日前後幾天，梁進總會暫告失蹤，而明明人就住在家門口，何必花郵票錢投寄？這些意見懷月耿耿於懷，至於信的內容，懷月倒未必全懂。「有美一人，清揚婉兮／邂逅相遇／適我願兮／」「弋言加之／與子宜之／宜言飲酒／與子偕老／」……，即使不懂，但懷月依然能感受來自一顆羞怯心靈的衷心傾慕含蓄眞情，並且深深喜愛著。

柔而韌、深遠而雋永的力量，使人終生銘感、深默動容，從來就是梁進模式。

村裡大地主夫婦早已遷居大城，他們在漁村邊業務興隆的製鞋廠由他們已屆婚齡的獨子負責，年輕多金的少東看上清純的懷月。觀音媽生日那天，大地主夫婦回鄉拜神宴請，趁便走訪懷月家，貧家困境再加十個弟妹都盼懷月此舉雞犬升天，但懷月父母招待地主夫婦那種誠謹惶恐的卑怯神情，地主夫婦倒茶前用手帕再拭杯匙的嫌膩態度，那少東借用土坑茅廁的掩鼻動作都化而爲纏人幽靈，令懷月鎭日揮之不去，允婚的念頭一生，它們便猙獰桀悚現身駭人，心如石壓，氣悶心痛，而匿名信一星期一封準時報到……，逮一個營帳裡只有梁進的時刻，懷月旋風般捲進，麵粉袋裡抖手流出一堆信漫在梁進桌上，「這些信是不是你寫給我的？」唰一聲梁進臉紅到脖根，那天懷月一身小花布衣裙，鼓著腮，眼圓睜睜，很粗氣的說：

「你到底是要不要娶我？」

典當了懷月的金項鍊，梁進就用那些微的錢草草下聘娶了懷月。

村裡汩汩人遇見懷月就唾口水，懷月嫁給「外省兵仔」的事炒得全村熱鬧滾滾，冷的熱的全是嘲諷譏笑，懷月遇軟則斂，逢堅愈厲的個性發揮無比，走在別人嘲謔的眼光裡她必然抬頭挺胸，明裡暗地死命護衛梁進，瘋狂替人車繡加工，賺錢以償對父母的愧疚，卻發現父母人前人後也滿口梁進的好。

婚後不久懷月跟著梁進的部隊流徙，有時與豬圈毗鄰，有時住別人供奉神主牌的小屋，有時颱風一颳屋頂就不見了，長官要梁進到馬祖，一年後回台灣就升官階，並保證青雲直步、前途順坦，梁進望著懷月堅忍年輕的臉和一室蕭條破陋，毅然放棄仕進，決心要給懷月一個安定不驚的家。

梁進軍訓教官薪水雖不厚，但住學校宿舍溫飽無虞，懷月懂得精打細算，對生活具有野心，她為別人縫補衣服添補家用，一心一意要買幢自己的房子，可是梁進在每個開學日都掏錢替幾個貧寒學生註冊，有一次乘車皮夾被扒，警察局通知領物，他見那學生模樣扒手悔愧交集，便將身上所有的錢相贈與，昔日連上兄弟這個那個昨天今天來借錢，梁進有求必應得叫人生氣，每次袍澤們借了錢滿意的離去，便是懷月摔東撞西和梁進生悶氣的時候，有一次梁進對懷月說：

「你不可以生氣，懷月，我和弟兄們的事，你不可以生氣。上一刻與你分吃一塊乾糧的人，下一刻就中彈死在你身邊，這滋味你沒嚐過；打一場浴血苦戰，壕溝中衝出，彼此呼喚相尋，把臂慶生，這滋味你沒嚐過；一起爲失敗的戰爭恨，一起爲敵人的殘暴恨，一起爲倒下的伙伴哭，這滋味你沒嚐過；患難扶持，有鄉不能歸，這滋味你沒嚐過；懷月，征塵落盡幾人還，半生戰亂流離的人，總有些感情深得你無法體會，總有些尺度會在常情規矩之外，那些滋味你沒嚐過，所以你不會懂，弟兄們比我的命重要，錢，眞的不算什麼！」

懷月一向聰明，看梁進說話時深摯的表情，她便能全懂，像一些靜靜的好夜，梁進翻身摟她，輕撫她的背說：

「跟著我受苦啊！要是回大陸我們可是大戶人家……現在苦些，將來一定保你好日子……。」

怎樣區分日子的好壞？懷月從未深思，但陪伴這樣的人度一生，在他情深義重的事件裡一遍深似的一遍對他甘心情願，在他溫厚的牽引下如泊港的小舟；懷月從衝進梁進營帳逼娶，解下頸間項鍊時就已明白：她這一生，只要有梁進，日日是好日！

而如今，梁進回湖南，人們都說葉落歸根，而梁進一身情義，他會不會眷戀父母兄弟的家園親情，他會不會難捨等他一輩子戀人的可感深情？超逾歸期二十多天，梁進會不會，不回來了？那是他思及淚下的故土，有他終日思念的親人，他會不會；懷月終於勇敢地將近兩個月的悲調心情收攏過來釐清澄明坦然面對：不要我了?!

走在故鄉的晚風裡，懷月心想，天地雖大，至少我還有這塊地方，這次，她將長住妹妹惜月家，或者，就在鄉下買塊地。遠遠看到土地公廟那頭有人延頸企踵，揮手頻頻，拔腳奔來，原來是惜月和侄兒們，惜月邊走邊嚷嚷：

「阿姐！你跑到哪裡去，這幾天梁拓梁柔天天打電話問你有沒有來，剛剛你電話掛下，他們又打來問，我已經告訴他們你會來，不用擔心，我還跟他們說你在這裡多住幾天，不必馬上來接！啊！姐夫也回來了，找你找得快發瘋……。」

被強留下吃晚飯，放下筷子起身就走。懷月恨不得像戲裡那樣，腰間絲絲解下，望空中一擲，即化爲一座彩橋，讓她跨橋便到家。

透過夜車車窗，懷月凝望天地漆黑一色，燈如地星；星如天燈，這數十天的淒梗、疑慮、煎熬、折磨摻和成很大一片平靜的疲倦，懷月像與自己情緒鏖戰一番的勇士，沐浴更衣，啜飲熱食，蓬香棉被裡一面回味勝利一面漸要鼾香。枕靠椅背，在睡與醒的臨界，懷月想著梁進回湖南前倚著東北窗，指著一塢「落地生根」對懷月說：

「這植物存活力強，葉一沾土也能發根，幾個月後，你看它就能青青翠翠映綠一整個窗口，那些新生的小株，和大株一個樣……。」

快點到家吧！懷月心中說：梁進在等我。

陸地行走的小鳥

那段有人守護的日子，伊雙眼發亮，直透骨子裡的精神矍鑠，亮麗細緻起的，不單是伊的外表，是伊整場生命的肌里質地。

翳翳嗡嗡的吸塵器被拍的一聲切斷，連家具都被這突如其來的安靜震嚇得腦愣口啞。伊坐在沙發邊沿，在悠忽空茫的鬧與靜的界面，適時聽到他由電話那頭傳來一句：「想和你吃個中飯，可以嗎？」

掛下電話，伊呆了一下再觸電彈起，火速收拾地上的吸塵器，再草草澆了陽台的植物，窗邊那盆雪莉被伊猛浪的動作，撞得枯葉紛落。

還來不及批改電話中和他的每一句對話，伊已在衣櫃裡的和攤一床的衣服堆中衫光袖影，招式萬千，對著鏡子細細描唇線的時刻，才繹絲抽線想起對他電話邀約的那句答應，會不會熱切得太過門戶開放了自己？

臨出門還忙亂著扣耳環，一個側耳恰巧瞥見門邊留言板上，那張記載今天該做的事的Ｎ次貼，伊風情撥髮，款擺走出家門，企圖視而不見卻未遂，在門關上的剎那，返手入門，一把奪去那張Ｎ次貼。

即便世界末日，也得將燜燒鍋送去，今天小姑宴請公婆。剛才那通邀約的意外電話，眞像落在直線蟻陣的一滴水，剎那間造成一片衝撞的混亂，但畢竟伊仍清醒記得送鍋子的事，還妥妥當當約對方在小姑家下一個街口相見。發動機車，驅馳上路，伊發現初秋乾淨的天空幾縷纖雲弄巧，伊像滿意自己今天的裝扮那樣，突然非常滿意起自己的處變不驚。

站在十字路口的時候，伊忍不住掏出那張Ｎ次貼：郵局定存到期、拿腰子、繳兒童美語報名費、給小美會錢、王太太下午來學烘蛋糕……。人生不過是一次次的抉擇，所謂幸福就是一次次正確抉擇的堆砌，捫心而論，伊這一生的抉擇從無大錯，只是，這一次，伊不想再做一隻很會走迷宮的聰明小白鼠，伊放逐自己在迷宮外，不想思索，少去制約，伊想當一隻很隨性的白老鼠。

一部碧濤綠TOYOTA車緩緩潛近，伊悠悠想起那一段情愫微妙流盪的日子，今日再見到這部陌生又熟悉，曾在一個個晚天燃紅的黃昏裡被伊用目光祕密尋覓過的座車，伊心頭一熱，感覺彷若隔世。車近，伊定定神，將手底的N次貼塞進皮包，車泊停，伊大步迎向。

兩人簡短的見面寒暄似一只輕杓，很難攪散尷尬的稠泥。伊平日不只一次算過，雖說兩人相識於半年前，但眞正相處僅三個月，今天這通電話之前，他們一無訊息了兩個多月。

空白，其實反是一種危險，於事，它若不能沖淡或洗刷，必然就會成爲一樁雷霆巨事的蓄勢或催發；對人，它若不能遺忘成空，必然就會相思成災。

他們相識在一家潛能開發機構所主辦的心靈開拓課程，一期三個月，每週上課五次。有一天，伊半夜醒來，獨自坐在客廳靜靜諦視沐浴在微藍月光下的自己的家，想起這一生，伊順從公婆小姑們的種種要求，成全了解丈夫的所有習性，滿足子女的成長需求，伊眞是最賢慧能幹的女人了，但是自己的需索及渴望呢？自己究竟在哪裡？如果這一刻伊就在月光下死去，伊問自己：「能心甘情願闔上眼睛嗎？」

就在那「有一天」的隔一天，伊就報名了心靈開拓課程。

課程中有講座、活動、肢體及口才表達、內視及溝通策略等縱深自己、橫拓人際的多元內容。每個人都是海洋，看不到的部份遠多於看得到，平靜的海面時而風波四起，但更奧妙莫測，變化詭譎的還在於海底。這種課程就是海洋深處的探索，那兒有無與倫比的美麗，也有相對巨大的風險。

伊對他印象深刻於那堂「釋放自己」的課。

講師要學員自由取材，用肢體表達內心深處最渴望扮演的物象。有人扮王永慶、李遠哲、有人扮高山、飛鳥、有人扮提款機……，伊伸手出腳想像自己是陽台上那盆無視週遭環境，只管用自己方式直抽橫蔓，生命力旺盛無比的黃金葛，而他，突然席地躺在講台的角落，在眾人訝異的靜默中，側臥弓身、曲膝至頷、闔眼、吮指、臉上一片祥和滿足。在詮釋的時候，他告訴大家：

「嬰兒，受羊水的護托承載，柔軟放鬆，不必費力，所有人生苦難都還未降臨，命運在下一刻才會注定，我喜歡喜怒哀樂眞空的狀態，我渴望無負擔，我想當嬰兒。」

伊聽得專注，甚至察覺他話語最末，不易爲人察覺的微微哽咽。眼前這個中年男子成熟而練達，斷不會不知人生只能向前的眞相，一個胸中丘壑壘壘複複的人始終渴慕純潔靜和的最初？這究竟是相對補償還是天眞未死？伊開始玩味這男人，不知從何時開始，伊突然驚覺到這男人看伊的時候，眼光同樣也漾起較之有過之而無不及的濃厚玩味。

講師獨挑伊上台表演站在沙灘被海風吹拂的感覺，伊緊張尷尬，索幸閉上雙眼，錄音機不斷播送的海浪拍響一波又一波，逐漸沖坍伊自我防衛的心牆一垛又一垛，伊件件卸除甲冑武裝，雙手自然想要舒展，全身每一毛孔都正在一一的舒張；那年，伊六歲，隨父母在不知名的海邊，遠方海鷗點掠，漁人拉網上岸，伊手裡牽著迎風的紅氣球，看母親嘻笑著朝赤腳捲褲管的父親潑濺海水……，那時候，父親經商尚未失敗、母親尚未臥病在床、伊還沒有幼弟幼妹、伊還不必輟學賺錢、伊還不必草草且早早嫁人以解決蹇困家境……，那年，伊六歲，站在沙灘，海風習習，空氣中有海水的味道，伊頭上有粒紅氣球，伊手中緊緊握著繫線的竹籤……，原來，幸福滿滿的時候，人會輕輕晃搖好似浮水，喉頭忍不住發出微聲軟綿的呻吟……。伊被講師的聲音喚回現實，一張眼，迎面看見他的眼神溫柔似海，四面八方罅無隙，朝伊肆無忌憚的擁摟包捲。

課程中要學員由生活裡祕密選定一位自己心目中的「安琪兒」，而自己便充當安琪兒的守護神，守護神要在不爲對方所知的情況下，無所求的付出與奉獻，始終支持鼓舞自己的安琪兒。伊的守護神給伊的第一張卡片上就寫著：「你在沙灘上吹襲海風的模樣純眞似小孩，讓每個人都但願自己是那襲微笑的海風。」

伊身體的好壞、裝扮的良窳、心情的陰晴，全逃不過守護神透視洞悉的慧眼，及細膩貼心的卡片問候。生日那天，一束燦爛的粉紅玫瑰雍容守候在伊的座位，上課間突然雷電交作大雨傾盆的那次課後，伊無法置信的看見自己摩托車車籃裡，竟然安放著一件摺疊得稜稜角角，嶄新美麗的碎花雨衣。

那段有人守護的日子，伊雙眼發亮，直透骨子裡的精神矍鑠，亮麗細緻起的，不單是伊的外表，是伊整場生命的肌里質地。

課堂上，眼光迎避攻守的遊戲令伊怦然心動，獨處時候，伊望月興嘆，臨風悲愁，被收音機裡的點播情歌感動得不能自已，發現很多歌詞說的其實是自己。伊常被短暫絢麗的晚霞潑染一身濃郁悲情，也習慣日日用眼光尋索泊停在漫天彤雲下，倍顯堅毅剛性，卻又難掩暗金悲調的，那部TOYOTA碧濤綠轎車。

那段日子，伊煉劍煉到投身火爐那樣，用盡一生感性。這種「用盡」，是指清光長期蓄藏的，及透支來日備用的，而伊當然知道自己的守護神是誰。

就在既害怕又期待他做得更多的時候，三個月課程已然接近尾聲。伊忐忑著不知如何安排離別，就已微微惆悵又略感心安的接受他在惜別晚會上缺席的這個事實。

不能說難忘，但真的常常會想起，只是一時還不能釐清的是，那被自己惦記在心深深喜歡著的，究竟是成熟體貼的他？還是感性浪漫的自己？無論如何，就在好夢將醒的邊緣，他來了這通約會的電話，伊在心裡偷偷噗嗤了一下：眞像天上掉下一個，自己不敢寄望找回的失物。

車行間一個轉彎，伊透窗看到自己最熟悉的那個市場，那張N次貼開始被伊硬按進水面淹死，卻仍頑強掙扎半露水面，伊發誓不再猶豫選擇，但是，會錢可以遲交、王太太可以道歉、特地交代預留的腰子卻不能不拿……，他曾在卡片上讚美自己娟秀靈氣，腰子茲事未免太焚琴煮鶴，放縱自己一天吧；伊在心底喃喃；不再當很會走迷宮的白老鼠吧……，伊突然聽到有個聲音在說：

「能不能在前面稍停一下，嗯，我去交代一件事，是昨天吩咐肉販留一副腰子，不去拿不好意思，腰子通常一大早就被搶光了，預留還要有交情，不去拿眞的會對不起……。」伊在心裡打自己一個大耳光才讓那個聲音閉嘴，他已緩緩泊停街邊。

如果你讓敵人得逞一次，通常接著就要兵敗如山倒，兒童美語的報名費可以補繳，郵局定存的事，最好今天能辦妥，那個可憎的聲音又在說：「可不可以繞到那邊那個郵局……。」

他帶伊到距離市區一小時車程的山間小築，仿古建築，供應精緻過度的素食，和竹管接引山泉泡製的好茶。他選定靠窗的位置，花窗外一片油黑潮潤的山壁，飛泉濺簷，流水淙淙，山壁上密茂著鋸齒蕨和大葉的姑婆芋。坐定後，他的第一句話是：

「還記得我在上課的時候，提過這裡？」

伊記得那是一堂命名為「分享」的課，每個人要勇敢說出內心深處最不為人知的埋藏，他說他常開車兜山，上山，是為了忘卻腳下紅塵，山上有一個可品茗用餐及沉思的風雅所在，那個地方數年來他只允許自己隻身前往，連妻子、兒女都不帶，那裡是他心靈的故鄉、精神的伊甸。

餐後的茶香撲鼻，空間流盪著單純的笛聲，午後的小築，秋陽靜靜，那個屢次被N次貼打敗的自己開始絕地大反攻了；伊的心念在走轉；伊仍是那個夕陽下飽凝心事、敢於勇赴直撲的悲情女子，伊坐直腰，纖指端起茶杯近唇，慶幸自己今天上的是不褪色口紅。

他話說從頭，年幼孤苦，白手成家，爲結婚而結婚，到教育子女的方式。此番前來，伊並不預期何種發生，便也不介意話題何指，只是伊當然比較願意談伊來得及參與的那一段；安琪兒和守護神的那一段。

伊無意間一個抬頭，被對牆那個自動顯示日期的立地仿古座鐘撞個心頭瘀青：星期三！一點五十分！這次不必N次貼出來游擊戰，伊自己暗罵怎會忘記今天是星期三，小學的聯課活動日，下午全校提早在三點下課。當下伊心頭急煎煎，恰逢他的一句：

「看另外那個窗，窗外是個山谷，每天這個時候開始像個大碗一般，逐漸承滿白茫茫的山嵐。」

伊心想，他該不會邀約一起欣賞山嵐升起吧？伊該據實以「接小孩」相辭？還是要編造一個比較不那麼生活的理由？

「說也奇怪，滿山谷的山嵐到黃昏就消失一盡，晴朗的夜晚，山谷上空滿是星星，山谷底下燈火璀璨。」當他別頭望窗敘述這個話題的時候，伊的守護神就回來了，只惜，伊瞄一下鐘：一點五十八分，無論如何都得中斷他的興致，萬一他相約看夜景，豈不推辭得更尷尬？然而，伊順勢果眞看到對面窗外綠樹半爲煙籠，一些上升的煙氣裊裊依依，恰似神仙洞府，靈明空淨。這裡是他只允許自己獨自前來的幽境，今日不惜相邀，是他用行動在說明被邀者在生命中的最重份量吧？伊想；他等待這樣的一個人，用了多少生命的能量？而自己眞要用「接小孩」這件俗事粉碎一個人今生的唯一等待？伊心動如旌搖，惶惶急急中一個霹靂閃電：「假如他開口相邀留下，就打電話請小姑代接小孩。」

「要不要坐到對面去看個清楚？」伊的守護神溫柔小心的詢問，伊慷慨赴義的點頭，欠身站起的刹那，眼角餘光瞥見他低頭快速看錶，突然臉色驟變，順彼此都已起身的勢，他改口對伊溫柔小心又難掩不安的說：

「山嵐一起，怕山路看不清，開車會危險，趁現在快點下山，以測安全。」

他輕輕護托伊的腕走出小築，伊清楚看到時鐘：二點零六分。

並排的幾部腳踏車，被伊牽摩托車的猛浪動作，撞得東倒西歪。伊火速衝到小學校門，適巧兒子走到門邊。載著兒子繞道往肉販家去取代爲冷藏的腰子，在行經的一所私立國小的校門口，伊看到那部曾令伊夕陽下日日尋索的碧濤綠轎車，在來不及漫起一天紅霞的天空下，正開啓右後門，讓一個小學生欠身坐進……。

晚上，伊拎出吸塵器完成白天未竟的工作，獨自坐在床沿摺疊衣服的時候，伊感覺自己葛藤芟鋤的清逸，不知從那兒看來的一句話，令伊並不眞正那麼苦的苦笑起來：

身處婚姻的人，想追求愛情，就像在地上行走的小鳥，走是走得，畢竟，沉重得多。

丈夫在客廳看電視，小孩在寫功課，麻油腰子吃個盤底朝天，給王太太的道歉電話已經辦妥，伊由皮包翻出那張N次貼，揉團扔進紙屑簍的時候，還來得及看到上頭印的一行紅色小字：今日事，今日畢。

世紀的雅典娜

阿惠一直沉著臉認真做事，中途我拉她進紅茶店，給她一杯果汁，她舉杯欲飲，突然杯一放，靠在我肩上哭泣起來。

因為很久沒有夏旭初的訊息。

廢物分有害人體及有利用價值兩種，如果愛情要丟棄，不知該裝置哪一類桶中？

日日我由車棚推出摩托車，就開始一路撥破稀薄暮色，駛馳春秋不易的迤邐路脈，去感覺一種熟悉的黃昏空氣。

路中偶爾憶想無數個暮氣熟稔中，我曾有過的生活情節：趕一場悲喜電影、路邊無聲的候人、不同襯景的出差歸來，或者，依舊還是人車往來中緊貼自己的所有，一路行駛出一種熟悉的黃昏空氣的感覺。

慣常的事使人自信，生活中我需要走向的安全保證，我慣做的惡夢便常是懸盪鞦韆，天空往往灰而迫，我停止不能的愈盪愈高終而至翻越頂架，高空盪跌的離心使我渙散離碎不敢意識，晝高弧的頂峰，我每每長聲嘶叫意圖淹沒既有的發生：……，猛然驚醒，知道自己曾做過一場急烈又靜靜的乾嚎。

未曾切膚但我懂得防範那悔與恐的半空經驗，漸漸地那使我熟練到迷信一項處世原則——只做自己把握的事。

雖然，這使我二十八歲的花樣年華，從未奇彩綻放，嚴格的說，根本是季節已過都不開放的古怪花苞，但是，在我獲得強有力翻案之前，我確信，信念使人產生勇氣：堅持壓抑開花意圖的勇氣。

遠遠有一群白衣藍短褲的小學生，在牆邊仰頭圍觀，那個位置，毋庸置疑是「海虹大戲院」和「金鶯大歌廳」張貼海報的處所，小學生的鴨舌帽帽沿全都朝天；不成熟的玩世浪蕩；有一根嵌鑲甲垢的細幼食指正點點在戳海報上豐潤女體的等腰倒三角形頂點，像肥白碩大水梨邊沿靠一株初青的幼禾，嫩與熟的空間差距，不可思議的膨脹起曖昧濃度和艷情想像。

我循指逮到「阿助」——我五叔的么兒，喝令他上車，他眉飛色舞吃吃咧嘴的笑容遭驟變回收未及，眉色已垮，咧嘴未攏，變成一副苦苦的哀叫相。書包、水壺、剪貼簿使他上後座頗有困難，我便讓他站在座前擱腳處，迎著風嗅聞他身上酸腥的小男孩味道，頰頸界處細細的汗毛像初生小鴨的透明黃茸。

五嬸一聽就打，把阿助成績爛長不高的原因全算計進去，並且不忘提起我，頗有些知恩圖報的意味：

「你素蓮姐就是專門撕那種東西的，是好的還需要人家去撕嗎？」

在庭院遇到三叔下班，他頷了頷哭聲方向：

「阿助喔？」

我表明原因，三叔搖頭笑著瞅我：

「這款代誌，看這麼嚴重做啥？是職業道德嗎？」

「你沒看到阿助還笑嘻嘻指來點去不知在說啥，囝仔郎就這麼邪氣？」

「先叫你五叔伊們尪某把那些不三不四的錄影帶還掉再來講囝仔！」

晚飯後，我躺在絲瓜棚下的涼椅，看三叔走進五叔家，五月涼風習習吹，我低頭啜茶，含一口溫熱在喉頭滾漱，抬眼透過翻起的葉間黃色的花影，尋找一顆早亮的星，再讓那口溫熱滑喉入心，像自幼三叔之待我。

遙遠模糊小女孩蹲坐黃昏階門，諦聽歸家足音等待所望的年歲，我縱身撲向如環山擁潭的壯實肩膀，來自三叔的伸展，被抱起的我穿越他白衫的肩和肩後黃厚土牆，用眼含合有水漠漠的禾青水田，看白鷺鷥斜掠棲止的流暢，幼稚的心田，也有一雙纖巧的鷺鷥飛翔。

不知何時，阿爸站在椅頭上剪絲瓜，前幾年連連以賣田爲女兒辦嫁粧，省下耕田的時間就在空地上種菜，他枯黑瘦直的脛面，飽經摧磨的結一層薄脆的亮皮，我眞想沾溫潤茶水爲他輕輕搓拭，卻還是一味的啜茶。

「臭蓮啊！頂回看的那個兵役課的，有消息無？」

「有我怎會坐在這閒閒！」

「查某囝仔郎，面要卡笑咧嘴要甜，不時臭臭，郎看嘛驚！」

「笑嘛要有好笑的代誌，又不是『起笑』！」

「你姐姐伊們，攏總二十五歲以前就嫁嫁出去，單單你到這陣還沒影隻！咱們古家已經出一個了，你要去配一雙囉？」

「三叔若想要，娶一大堆哩！」

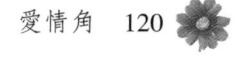

「騙笑！那以前我信，五十幾歲還有那種光景我就不信？這款代誌，卡免學咧！」

阿爸懷抱一堆絲瓜跳下來：

「拿一些給你們課長？」

「免啦！郎無稀罕！」

阿爸邊走邊嘟噥：

「你這個查某囝仔，就是硬波波欠溫純，唉！了連！」

有人平白無故時會一臉貞靜，有人只要不笑就天生「臭奧」，很不幸，我家五姐妹唯我獨臭，心明明靜止如水，臉倒像「會腳倒了了」，三姊還說過我，嘴好像冷凍庫，什麼好聽的話一經過，都結冰堅凍，擲地有聲。我從來也沒想過要未語先綻顏，因爲我發現如果不是眞正想笑而在笑，我會太專心的裝而忘記自己的下一步動作和別人正在說什麼。

四個女兒、病弱的妻子，加上苦等八年，我的誕生是阿爸一樁逐次委蹶的重大心事的慘沮扼殺，所以我的成長向來是在衣食不虞的範疇內自生自滅，但是我從未懷疑過他的父愛，也十分諒解阿爸像已洩氣的皮球，是絕對彈跳不起節奏活潑勁道有力的護愛，因此我曾十分名副其實的被阿爸命名為「古素連」；惡運連連的「連」；是當時在戶政所當過錄的三叔擅自為我加了草頭，不但娟秀了一個女孩的名字，也算是增添些許我生命中的綠意。

所幸四個姐姐為阿爸爭足了面子，從小她們便常被指派在迎神會上扮觀音裝仙姑，莊上駐軍那二年，阿兵哥們各自為擁護的偶像分為「琴、月、美、心」四派而較勁不已，而她們娟秀婉麗的好模樣也很不負重望的為自己找到了門面漂亮彼此媲美的婆家：二個小鎮醫生、一個紡織廠小開，四姐素心更是後來居上一嫁嫁過太平洋，當留美博士的夫人。比較在台北的二嬸，衛浴、電話、空調俱全的將房子粉飾得像飯店套房並以低房價出租，唯一條件是「限醫學院學生」的司馬昭之心選婿法，而三位堂姐卻各個坐喪地利空嘆樓月的事實，阿爸在聲望及面子上，可算是充分可慰的失之東隅收之桑榆。

所以一提到我們古家，莊內的人都嘖聲連連：「四個水查某子」，猛然作勢想起還有第五個，才誠意得很馬虎的說：「第五的怎會差？」

§　§　§　§　§　§

阿惠趴在我桌上耳語：

「明天晚上我有節目，本姑娘要相親。」

我忙著準備下週一「惜福計畫」的會議資料，沒空抬頭：

「戒指順便帶去！」

她戳我的背：

「龍鳳雙印要不要順便刻！」

有一陣子，我們發現下班後彼此會問：「今晚有節目嗎？」然後一定有一個人代表搖頭，於是兩人就一起吃個晚飯或閒壓馬路，行之既久，我們默契同感，下班後老是沒有節目，可引爲適婚女子的輕微羞恥，爲了鼓舞激勵，有節目的人，隔天可享受另一的「侍妾」服務，倒茶、洗杯、供應中飯、跑公文。

我和阿惠都是望之儼然即之也瘋的人物。她比我大一歲，但比我晚到衛生局，做了很多年幼稚園助理才考試轉行，剛來的時候很端莊文靜，沒事就寫信編中國結，有一次一起出差，車到轉彎，她伸手窗外打擺，快速縮手後靦腆的解釋：

「舊情綿綿，以前做娃娃車老師！」

我帶她初次去撕牛肉場海報，她遲遲不下手，湊上去研究圖文，口中喃喃在唸：

「眞的假的？」

我已忘記我初次去撕的心情，但阿爸曾轉述有人說我撕海報時：「臉仔氣氣，好像似怨仇結很深！」

縣裡環保局下年度才會成立，有些環保工作就垃圾般亂糟糟到處扔，我們衛生局有時受汽車公司委託合作，我還會在路邊豎「廢氣檢查」的招牌，並蹲在烏煙瘴氣中工作，回家足足洗黑兩盆水。

三叔自己在戶政事務所當股長，卻常在櫃檯邊幫事務員受理案件，三叔文文的詢辦，自然翹上的嘴角永遠像含笑，由鏡片後看人的眼很專注，彷彿鼓勵人多說無妨。事件只要涉及到人，鮮有不繁複雜亂的，何況戶政事務包辦的是人的一生，而三叔高大潔簡的身影置身於內，不是出色亮眼，是出人意表教人放下久懸的心的透氣空間。

由此，我也確立起我的職業觀，當我面對工作的時候拚命得像沒有明天，而在任何一個可搶的罅隙時間，我任由自己浪漫恣放，好比工作無論如何的灰頭土臉，那比誰都早到的清晨，我絕不放棄面對辦公室一大片透明木格窗，諦看初醒都市的清新容面，給自己一杯香熱咖啡和著乾淨陽光，想像一輛敞篷馬車窗前搖鈴經過，扶手上有映日富麗的古典雕花，然後在達達迴盪的蹄聲中，讓我沉睡了無數次的神秘等待，再做晨起的復甦。

別人眼中的我，永遠獨立、悍練少風情，但誰說這樣的人就無夢無詩？我想，愛情與婚姻無論攏上什麼樣煙帳紗幕總是世間女子夢最眞、詩最深的部分吧？唉！很多情事都屬心靈的尋索發生而無關神色的淺易表顯，只可惜，人類專喜趨易避難。

工作也帶給我移默於無形的潛化，長期在隆乳豐臀海報的強勢侵逼下，我看女人的視覺焦點起了革命性的重大突破，雖說色情海報粗鄙不堪，但是，再怎麼說，女人的柔媚誘惑來自渾圓滑溜的彎曲線條可是不爭的事實，那伏手的起伏度不單是激情浪濤的想擬，還帶有凹迎凸拒的撩撥，所謂女人味，一言以蔽之，就是曲的柔媚，身體的曲，要不然就是善體人意，委屈相從，那叫性情的曲。

阿惠也中此毒頗深，第一課的李姐過門展示新裝，一片交口讚好聲中，阿惠直不隆咚的說：「就是胸不夠挺。」而我們兩人有時由沒人走廊的兩頭迎面而來，瘦鴨鴨身材都板板直直，端矜著一張臉，錯身時眼都不瞟一下搶快說對方：「挺了半天，沒看到胸」，便雙雙笑倒在地。

剛做事那年，我在外縣，撕過一張印象頗深刻的張貼。這類海報上的女子無論怎樣的爭奇鬥怪，共同特色總是光溜的身以及眼梢的情慾煽惑。而這張海報上的女子，看不出年齡，斜跪姿，回頭巧笑，不精緻的五官散分得很舒閒，背部豐美，身體不露骨的圓滑，但短而禿的手指及足趾卻顯得意外家常，最奇特的是，她眼梢沒有風情，倒有一抹誠懇的徵詢，上手臂內側一顆若隱若現的黑痣，反而替代她未著絲縷的胴體完成唯一的誘惑目的。那一陣子撕了好幾天都是她，我對牛肉女郎一直有虛榮淺薄的假設，唯獨感到這名女子必然有一身蜿蜒隨至的蒼涼。

§ § § § § §

消滅埃及斑蚊的快克利藥水已下來，我和阿惠負責將藥委託給山上的化兵連，讓他們明天到縣市的大街小巷橋樑溝池去噴灑。

走過營區走道大型穿衣鏡，阿惠突然拉我站定，一起看鏡中兩個皮膚曬得通紅，充滿汗漬的女孩，淺色襯衫、牛仔褲、白布鞋、一頂縣運動會發的白色鴨舌帽攏住束起的長髮，一個眞人的自己完整的迫在眼前，令人剎那間的不敢逼視，瞬即換上怔愣的陌生。

鏡的景深拉得很長，焦距對準近處的我和阿惠，走廊下的光線使我們陰暗，遠處，光禿黃土地上蒙蓋夏日的金黃夕陽，充滿沉穩剛健的明度，一群出操的軍隊正在列整聽訓。

我的冷靜逐漸在清晰：我和阿惠這襲中性的裝束，除了顏色和質地，和那排列隊的男人有何差異？

綠茵如夢的校園，我懷帶新鮮人的怯喜，聽我那愛穿短裙涼鞋嬌俏美麗的學姐告訴我：男生自己都穿長褲了，怎會愛看女生穿長褲？那時秋天未及走遠，薄陽透明灼爍，學姐突然縱身跑向亮亮的夾竹桃花道上一個等候的身影，來不及聽我問她更多兩性差異，而姐姐們雖美麗，卻離我恁般遙遠。

我和阿惠走一路沉默的感傷到營門，阿惠突然說：

「我們很像雅典娜。」

堅毅與莊嚴已由鏡中走出，合該感情上的弱質纖柔只是一場鏡中花水中月而已，落不到現實中來。

「戴頭盔著軍裝，掌管和平與智慧的女神。」

「有道理！男人婆樣，成天撕色情海報、消滅登革熱、廢氣檢查、垃圾處理……做的全是本世紀的代表事件有關人類前途，嗯！堪稱和平與智慧，阿惠，非你我莫屬喔！」我用誇張的語調將興頭提高，一個夏日景明的黃昏，兩個女孩似無還有縹緲又迂曲的心事，是不必刻意去誇張悲劇情調的。

登車欲發的時候，我按捺不下情緒：

「你知道雅典娜的弟弟是戰神阿利斯嗎？」

「幹嘛要提戰神？」阿惠不甚關心這話題，她已完全沉浸雅典娜情結。

「戰神的情人是維納斯，他們的兒子就是邱比特。」我不信這引不起阿惠的興致。

「這麼說來，邱比特是雅典娜的姪子。」阿惠一面穿套袖，一面啓動摩托車，車聲波波中，她忽然說：

「夭壽死囝仔！整天在外面亂射箭，也沒想到家裡二個老姑媽。」

蜿蜒的下坡路，深濃不息的樹影如綠波，身畔眼眉汩汩流錯，我們的笑聲在山風中清涼冰脆，車行不止撥破昏黃暮色，誰會在我冷硬盔甲繫一朵浪漫玫瑰？別因我堅強就忘卻給我溫柔？喔！世紀的雅典娜。

§ § § § § §

下班前我問阿惠今晚相誰？

「課長介紹的，在兵役課做事。」

這樣的組合令我停下甩轉的筆，我趕忙問對方姓名。

「夏旭初。」

夏旭初？陽光的姓名加上兵役課的剛性連想，是我三個月前毅然答應課長的動力，因爲我喜歡有活力又懂情調的男孩，事後發現，這種想像純粹只是一種很一廂情願的少女不成熟的浪漫，可以讓人學會凡事不要先相信自己的感覺，而介紹人例如我們課長之流，好像只會男的配女的這招，我不成就推出阿惠，從不多體貼其他，眞是喬太守不如的亂點鴛鴦譜。

夏旭初人長得十分日薄西山，每開口講一句話總要在喉嚨中滾動著一聲哦，過短的下頜，顯得忠厚而小心，我個性中向來有著遇強則弱遇弱則強的劣根，一整個晚上就我一個人拚命講笑話，還趴在桌上笑得眼淚都流出來，是不是一件早就自己認定無望的事情，人在面對時反而比較能完全敞開自己？可是每一個被抒情歌曲灌滿的談話空隙，我曾到透明高腳杯裡飄浮著的紅色玫瑰，就悲涼心酸得想哭。

夏旭初數度邀約不成也就沉寂了訊息。我曾對自己的冷漠做過一番格物致知，我想，他那種好丈夫的家庭類型會太博長輩認同，這令我感覺麻煩，而那晚我瘋不可支，他由鏡片後面看我的眼光竟透著溫煦縱容，這令我感覺，擔心。

用相親方式來輕就婚姻，以及認眞嘗試一件愛情，兩者，我都沒有把握。

§　§　§　§　§　§

阿姆生日，除了四姊，大家都回來。阿爸坐在門檻看他的孫子在曬穀場玩得「鏘鏘滾」，連菜園都不必去了。

五叔一家人過來吃飯，連卡拉ＯＫ也搬過來。五嬸問：

「女婿沒回來？」

阿姆趕緊回答：

「二個要門診，醫生是不休息禮拜六的，第三的去機場接客戶，人沒到，禮是眞週到！」

小孩都吃飽下桌了，三叔才拎著一包塑膠袋回來，五嬸笑嚷著要罰酒，邊起來斟酒邊說：

「三兄這一陣子都晚歸，和以前不一樣喔！盆栽都乾死了！」

三叔喝酒、吃菜，桌上又湧起一波熱鬧。

「我想，我要來宣佈一件代誌，二兄和第四的在台北，我就不等伊們的。」三叔歡笑中的愼重使我們肅靜，我靜靜看著三叔杏紅的頸根及敞開的衣領所展露出的少見的豪邁。

「如果沒有意外，我預備，中秋訂婚、年底結婚。」

阿爸一口酒哽咽，噴了一桌及一身，大家趁亂忙碌，藉機掩飾並決定一下適才匆忙中表不出的態度。

重新坐定，大家的靜默很明顯的多了一份從容的準備。

「伊開一間購物中心，去年來辦戶口遷入認識的。」三叔身後的塑膠袋上印著展翅的鶴及「千鶴購物中心」字樣，最底處有較小的字是住址。

「伊三十出頭歲，出生沒看過老爸，是孤查某子，老母中風十幾年，透尾連氣管都切開了，前兩年才過身。我看伊眞溫純，會理家的型，您大家都知道我一直沒成親的意思，看到伊……可能是有緣。」

三叔說到伊，化靦腆為勇氣，再化勇氣為柔情。酒是催化劑，可以使渺小變巨大，使孤弱成豪壯。男人與酒眞是奇妙的搭配而相得益彰。

「我需要伴囉！人走到這部位，啥米都不欠，就是欠伴。當然啦！三十幾歲有卡少年了些，不過，伊沒棄嫌我啊！」

呆在一邊的阿爸突然拍一下桌大聲說：

「什麼棄嫌？想當初，古明耀是咱莊裡第一個讀高校的，若不是為那個有錢人查某子，你會到這陣無娶？媒人踏破戶町，是你自己鐵齒！」

聽阿姆說，年輕時三叔和城裡富家千金相戀，女方家因門第而強烈反對，三叔當兵的時候，痴情小姐投河死了。小時候在三叔抽屜翻過一張泛黃照片，三叔和一個娟秀小姐拿網球拍並肩站著，背景是黃昏球場，兩人一式及膝褲，白鞋白襪，想是當時的頂尖裝束，三叔邊抽走我手中的照片邊說：「三叔以前眞黑狗喔！」

阿爸平地一聲雷，讓大家驚蟄般蠢蠢欲動，果然，五嬸接口：

「莫怪喔！三兄最近下班都提『千鶴』的袋子回來，我還以爲三兄加薪水。」

五叔突然站起來走向卡拉ＯＫ，用麥克風宣佈：

「喜事！喜事！大家來慶祝一下，現在由我本人來唱一曲『祝你幸福』，來！掌聲鼓勵鼓勵。」

阿爸醉紅的臉已經「馬西馬西」，但他還是踉蹌一個箭步奪過五叔的麥克風：

「還有一盞喜事要宣布，那就是，媒人在報金鶯大歌廳的大孫給咱們臭連，咱大家來敬一杯，希望喜事成雙！」

歌聲響起，小孩全湧進來滿室蹦的跳的，再嚴重的事都沉在人的心底像沉船，此時只允許笑聲和歌聲氾濫無邊的水面。我知道，阿爸酒醒後想到此事，會一個人躲到絲瓜棚下悶悶抽一下午的菸。

我擺平了侄兒們，走進阿姆房內，聽到嚶嚶的啜泣聲，阿姆在說：

「你切掉卵巢、子宮，已經無算完整的女人了，沒資格和人家計較什麼？」

我知道二姊卵巢長瘤已切除，沒想到子宮也不能倖免，婚姻的煩惱，對已婚未婚女子一視同仁。

「若不讓細姨進門，你也是艱苦過日還要擔沒後的罪名，唉！就順個人情給他吧！」

大姊愁著臉說：

「大家都愛嫁醫生，哼！人前笑人後哭。」

大姊的婆婆專制又霸氣，婆媳問題由來已久，她們看到我走進，略整了一下容顏，三姊問我：

「臭妹！金鶯那件事，你可要去看看，不要再拖了。」

金鶯是隻不死鳥，海報撕了又貼，野火燒不盡，我們打電話去催繳罰款，被對方語氣嚇得大家都裝假音，免得被熟悉了聲音走暗巷會被揍。

「別看金鶯專演一些不三不四的歌舞，伊們的大孫，是碩士，在教書。」三姊搶接阿姆的話。

「什麼都好，公務員更加好；只要別嫁醫生和商人就好。」這樣的「職業定生死」論，真使我感覺悲哀，姊姊們風風光光出嫁，然後外表與日光鮮，煩惱隨之而增，別人稱羨的形容詞與今晚阿姆房中的低調，交疊而成人生一樁強有力的諷刺。

我需要透氣的空間，就去敲三叔的門。

燈沒關，三叔在沙發上頹醉而眠，腿伸得長而直，頂在椅把，雙手交疊安放肚腹部位，端矜斯文，連醉態都依然十分的三叔，屋裡散放著十多個購物袋，袋上鶴影，有百羽千飛的逸姿，而有些袋裡連東西都還沒拿出來。

我回自己房裡躺下，月亮淡潔溫柔透窗臨照，讓我蓋一床月光的被，我相信，夜的深是方便造物者在高處偷偷窺臨世間的憂喜，不知他可曾看得到，這世界一個不起眼角落，有一方透明如水的寂寞？

§　§　§　§　§　§

福山路頭，千鶴棲止的處所。

「千鶴」的門戶很光潔，少去成束的拖把掃帚和積木般堆起的貨箱，擺設了一個雜誌架，和一盆盆待賣的綠意盆栽。

收銀機前有個少婦身影，黑底藍花朵洋裝裹出她一身的雪肌豐潤，在滿架日常用品的擁簇下也是一番家常風情，當她抬頭向我，小巧的五官散分得舒閒，我轟地一聲腦中空白，血液全流到足跟，不能相信眼前所見。

她用眼光徵詢我需要什麼，我急急避開那抹投遞來的誠懇，快速逡巡在列架的物品間。結帳的時候，我不敢抬頭，怕眼光的焦距太露骨，偷偷以斜側的角度窺見她右上臂內側若隱若現的黑痣隨按鍵的節奏上下跳躍。

我在想三叔的一生。他以近半生的長長寂寥報答一名女子煙火般曾有的痴情，如今北國覆厚的雪地裡意外生長一朵柔淡的春花。三叔一向慎重，他不會只爲了要伴侶而做這麼重大的決定，那名女子一定有她過人的牽繫，他爲的應該是不完整生命的重整。

而我的一句話，可以扼殺生機、掐碎雪地花朵，可以讓三叔不完整的生命更加零碎不堪。

當三叔爲我的名字添加草頭的時候已經滿是顧惜，小女孩的心田有白鷺鷥流暢滑翔，而滿室千鶴逸彩，三叔寂寞頹醉。

車到家門的時候，我已經俐落決然撕去一張貼在腦中經年，很牢很溫婉的色情海報。

§　§　§　§　§　§

阿惠和夏旭初又約會了幾次。我與她進進出出時乾脆左退一小步雙手捧起她的肘走路，像紅娘捧鶯鶯。

而她戀愛中人的角色扮演生動傳神，凝視電話、托腮沉思、有市公所的人員來，她殷勤熱絡得像丈母娘。

阿惠最欣賞夏旭初的生活請調，說他在烈嶼當兵的時候，月光下溫酒吃螃蟹，每天在海邊看落日，曾看過一群海豚接力似在浪中跳躍，大自然神奇的活潑力量令他不能忘懷，於是他用鉛筆迅速畫下，回台灣後細細塗彩並裱框，阿惠看過那幅圖，說浪花的白像要潑濺到人身上。

我知道自己很淺薄的失望於夏旭初的外表而錯過他耐人尋味的情調，連後悔都沒資格談，只有不去多想，而我以為和阿惠的主僕生涯從此就要開展，卻意外發現阿惠不尋常的沉寂。

和阿惠一起勘察「惜福計畫」分類垃圾桶的設立位置，烈日下大街小巷量測估定，阿惠一直沉著臉認眞做事，中途我拉她進紅茶店，給她一杯果汁，她舉杯欲飲，突然杯一放，靠在我肩上哭泣起來。

因爲很久沒有夏旭初的訊息。

廢物分有害人體及有利用價值兩種，如果愛情要丟棄，不知該裝置哪一類桶中？

§　§　§　§　§　§

下班時滂沱大雨，我站在縣府大門徘徊，與車棚咫尺之遙而已，卻動彈不得。一朵黑傘挪近我，我正要在閃身，黑傘停泊了，我抬頭，是夏旭初，他的鏡片迷濛，衫髮都有水氣。我想說阿惠回去了，但如何也開不了口。

「我送你！」

「不必了，我有雨衣，在車上。」

「我送你到車棚。」

雨中走到車棚，我先一步衝進，夏旭初撐傘，直身佇立雨中，這世界密密垂下雨的簾幕，我們在簾幕內彼此清晰可見的角落。他靜靜看我穿雨衣戴雨帽，嘩喇喇的雨聲使我心慌。

「我正面臨一項抉擇，關係一生，你，可以左右我的決定，明天下班，我在初見面的地方等你。」

雨中，他撐傘的手堅毅有力，怯紅勇敢眞誠的表情在他臉上次第表演，突然他從脅下抽出一個公文袋遞給我。

我驅車衝向雨中，沒來得及到家，路中的騎樓下我就拆開那個公文袋。一隻隻海豚笑臉歡呼，袋一落，潑喇一朵白浪飛濺我衣衫。

雨聲不息，我心中溫溫熱熱，漸次湧生空茫和踏實混生而成的不可名狀的欲泣感，一切都太遲，也太好。

§ § § § § §

如果阿惠不趴在我肩頭哭，我會不會赴那個約？我偶爾想到這個問題，但絕對是白頭宮女說天寶舊事那種心情。一種平凡生命中精碧的璀璨繁華眞的曾有而且今生或許不會再有，而我，是親身經歷過的人哪！是怎樣都無法道盡的美麗親臨的心事。

這世界，陽光的日子居多，我奔忙的身影是陽光下一抹不著眼的倏忽，偶爾我會想念雨天，並不駐足的心頭響起那場曾教我心慌的雨聲。

阿惠要訂婚了，大家改口叫她「夏劉秀惠」，問什麼時候請喝喜酒，也都故意咬文嚼字加強重點的說：「借問：『夏劉』喜事何時？」

阿惠說全世界就本縣本局本課最「下流」。

§ § § § § §

我已經沒有把握「絕不做沒把握的事」的原則是否該堅持？許多沒把握的事，在做的時候好像已經在把握，而不敞開心靈勇敢去做，就永遠沒把握。也許任何事的做或不做，不當在把握與否上著眼，而是應該在善意及好緣的前提下順性。

我以一份寬沉的了解成就別人的幸福，卻讓自己可見的幸福輕易溜走，但在這一大場縱橫的情事中，我得見自己含蓄的勇敢及無愧的取捨，原本就不是敢轟轟烈烈的人，從此就更知道如何在溪淺石清的生活中涵泳自如，而這樣的自己，我喜歡。至少我每天騎車撥破暮色去感覺一種熟悉的黃昏空氣的感覺，依然是那樣令人自信而滿足得不禁在心底輕聲哼唱。

在一個紅綠口暫停的時候，我由緊鄰的轎車車窗看到自己倒映的身影。雅典娜，武裝女郎，集力氣與智慧於一身，雖然倔強好勝了些，但當她讓一棵美妙無比的橄欖樹在阿克羅波里生長出來並結滿纍纍和平果實的時候，諸神便判決了她的至上榮耀，這世界還有什麼東西比和平更美好。

有一個念頭突然閃過，如果「金鶯」能忍受媳婦撕自己家海報的話，我就去相那個親。車子再發時，我瞥見自己在笑，有一個帶笑的聲音並由我心底升起：

那個夭壽死囝仔邱比特，整天只會在外面亂射箭……

找個地方聊聊

伊將方向盤瞬間大力扭轉，甩車至路肩猛然煞停，在空茫漸漸褪退的時候，伊迎面撲風一般，突然將十餘年前下雨的那個春夜，一個痴情男人為愛人即將遠離不回而悽惶落淚的心情，膚觸、貼熨、擁抱、嗅聞的，全然明瞭了起來。

一出中正國際機場，伊導航飛彈一般射向幽深廣袤的黑夜，目標鎖定有他的那座城市。

計程車窗外暈橙的水銀燈色曖曖冥冥，伊在明滅光影的倏忽轉換間，看見映照在車窗上的自己：顴凸、頰凹、眼深似潭。又一個鏖戰後疲憊的勝利者，未及細細品嚐得勝的甘美，先在虛脫的潮水裡淹沒。

纏鬥半年的離婚手續一批准，伊已經是不停的馬蹄，達達騰躍於滾滾征塵。

這一生，哪一樁伊豎立的鵠靶不是以寅吃卯糧的超速度奮猛達成？班上的第一名、聯考的第一志願、托福的最高分、名校的獎金、窗外一山坡明艷野花、院子裡有游泳池、烤肉架的別墅、年薪六萬美元的工作……，撲赴無礙的快感使伊上癮；永不回頭的決絕是伊一貫的人生哲學，在同處異鄉的台灣人圈內，伊「克莉斯汀娜・陳」的名字已是一枚象徵必勝的小小美麗圖騰，既提供「有為者亦若是」的指標，更是「動心忍性」時的精神嗎啡。

距離的誘惑、速度的快感、墜淵的姿態，伊的世界充滿森嚴的單純，在高速行進間，目標是唯一的清晰，所過森羅萬象盡成流動的線條，在目標一一占領不斷再往前行的慣性因時久而略顯疲態的時候，伊突然逆向思考到一個前所未想的問題：路途被輕易錯失的風景，會不會比目標物更珍貴美麗？……

此之謂一切之源起；伊闔上眼輕輕笑了起來；江山易改本性難移，當那樁逆向思考獲得肯定的答案後，伊回頭收攝路間風景的姿態，卻仍是如此急切而猛烈。伊是不能失去獵物的捷豹，攫獲是注定的宿命。

夜深沉，車行不止，他睡了嗎？有夢無夢？伊凝望不遠處燈火浮騰的城市，思念摩頂放踵，悠悠綿綿的想他……。

升大二那年暑假，伊回學校還書，常見而眼熟的那個工讀生在遞還伊借書證的時候，突然暈紅淹至脖根耳後，訥訥開口說：

「可以，找個地方聊聊嗎？」

是炎炎夏日無所聊賴？是相邀者鄰家男孩的模樣太討喜？從不赴任何一個男生約會的清麗的伊，不太考慮就應允了對方。

伊碎花布衫裙，揹起大籐袋，輕履簡裝去赴約，發現他竟然已預先訂位，帶伊到位於十六樓高層的，全台灣第一座一百八十度旋轉的豪華大餐廳。靠窗的位置，在毫不察覺的緩緩旋轉間，與遠山小步舞曲般娑摩擦肩，粼粼亮閃的淡水河就由眼角潺湲流動如帶，黃昏降臨，伊睜眼驚見天地成一幅誇艷的彩墨，城市是最底墨黑不規則的一塊，夕陽消失的時候，伊隔著太空艙窗口那般，迎視無邊無際的宇宙銀河系……。舞池中央的樂團開始演唱柔靡的情歌，他靦腆爲伊點唱了一首：You are the most beautiful girl in the world。

如詩瑰奇的情境牽動伊鋼汁初熔、漸在加溫、橙紅膠稠的溫柔，伊別頭，偷偷凝注眼前這個男孩和他平凡外表包藏住的華麗內在，伊突然很想探究，那樣的內在究竟有多廊腰縵迴、檐牙高啄？

那一餐，用去他一個月工讀薪水的三分之一，但也成爲一本書的漂亮封面，先吸引人翻開，才有不斷往下翻頁的可能。

其實，他們相戀的每一扉頁，滿滿珠批圈點著的，是他款款有致的深情。而伊，從未想像過愛情的模樣，自然也未嘗爲愛情預設過在伊生命中的順位，便只一無掛礙的接受他無止無邊的疼寵與呵護，在那個木吉他伴和校園民歌的簡樸年代，即使伊用心不深，卻仍可一遍遍感受他所安排的每一個約會場所，總是別風異致、氣氛靜美。伊聽他在爬滿紫藤花影、燭光搖紅的木格窗邊輕輕對伊說：

「我從小就夢想，將來我和我心愛的女孩在一起，一定要選擇優美又能靜靜談心的地方，我不是有企圖心的人，但這一生，我一定要讓我的妻子、兒女吃得好、穿得好……，我要給他們最好的。」

大學畢業，他們分發在不同的學校實習，爲了方便接送，他買了一部摩托車風裡來雨裡去的往往返返，感受到他成家意圖日漸的順理成章，終於有一天，伊毫不預警的直接告知早已申請妥彼岸的學校，實習一結束便即刻出國。伊於是睜眼直視一個男人的眼眸塗底色一般慢慢湮起不可置信的錯愕，再逐漸轉化複雜難言的迷惘，然後，他無言，低垂著頭，好一會兒再抬起滿眼澄澄澈澈的痛楚。

送伊回家的路上，晚春紛披的夜雨長著密密的針腳，微微砭痛人的肌膚，他的車速在淒迷的雨中屢屢要失控，伊推門進屋的刹那，濕澈雨中始終不發一言的他突然伸手攬伊，伊返身，看見青蒼伶仃的他哽咽在說：「二年後，我就去找你，你要等我，一定要」，伊點點頭，拂不止他臉上紛紛墜落的淚雨，便連忙擁抱住他，聽他在雨中的嚎啕……

「痴情」是伊生命中的未造字，一個男人畢生的鍾愛深情像安置角落的一張安樂椅，讓伊感覺舒服安適，卻終究沒有大用。一年拿到碩士、五年修完博士、七年就要事業小成……，等不到夏天的眞正到來，伊已經擰身奔向美麗的異鄉，伊的前程像一疋飛擲過海的錦緞，迤邐於彼岸的山木才顯輝澤。當伊發現同行的女伴行囊中竟然帶著兩隻一模一樣的手錶，一支指著洛杉磯時間，一隻留有台灣時間而掩不住內心鄙夷的時候，伊就已確知，伊和台灣之間的關係，在給他的那封分手信落進機場郵筒的瞬間，已經絕斷得一乾二淨了無影翳。

衝向前的人，難於回頭。

隻身奮戰異鄉的第十二年，伊已身爲全美信賴度排行第二十名那家著名大企業洛杉磯子公司的中級主管，站在事業的高峰，伊毫不謙辭自己的卓越優秀，然而，伊是豹，輕捷、迅疾、騰空、拉腰、躍弧、飆撲才是伊本然的生命姿態，峰頂四野，雲天茫茫，無物可獵，伊冷峻的殺意陡然撲空，遂令伊感到前所未有的蕭瑟與恐慌，良久，雲停、風靜、高峰上只有最眞最深的自己，終於見伊緩緩蹲下身，囁嚅且委頓的坦承，十二年來，有一個目標，伊因爲毫無把握便刻意模糊矮化，不料此目標隨歲月而成長，如今已在伊眼前龐大如車輿。那個令強悍幹練的伊束手倉皇、迎避無方的目標就是——找尋一份持久安定的情感。

持平的秤上，耀眼成就的另一邊，往往是一個身心的煉獄。多年的異鄉歲月，伊打脫牙和血吞，尚能將血絲即刻化爲塗在微笑唇間的胭脂，伊是用自己的方式在偷偷懸樑與刺股。永不回頭的奮鬥充滿剛性的銳刃森戟，於是伊日復日渴望一個可蹭磨、可昵賴、可曲身蜷靠的厚實胸膛。需索的迫切容易製造美麗的假象，伊開始在很多以爲會是庇護的港灣進進又出出，那是無止循環的尋獲與失落、熾盛與冷清，而伊情慾的感官一經啓，再也回不到未經啓動的素樸的最初，伊驚心於自己在淼淼情海已然由一尾嫵媚善游的魚，變成盲目嗜血的鯊。

我喜歡迷人的東方情調，是不少男人驚艷於伊的共同開場；獨立聰明高能力，是大部份男人對伊的衷心讚語；辦公室附近的餐廳，是伊和男友們相見最方便就近的場所；到你那兒或是到我那兒，是伊和男友們快速催情的習慣媒介語；嗅著空氣中或薄或濃的不同體味，是伊和男友激情一夜之後最深刻的印象；我們都是成年人，是伊和男友們都常使用的推託之詞……，薄淺、容易、直接、疾速，彼此好似都有縱浪千里的大格局，而伊，其實不過想要追求一份小小的安定與持久，想要看見一種小小的刻意與用心。

在升上中級主管隔年的冬天，伊因病休養在家，虛弱卻清醒的伊在騰出來的這一段時空，第一次認眞探索被目標拉帶著前衝的意義。安靜的夜裡，伊朦朦正要入夢，突然被一個穿越時空隧道、輕柔清晰、帶著回聲的聲音喚醒，伊醒後怔忡多時，起身拉開厚重窗簾，看臨窗的樹葉正一片片無聲飄落，伊鵠立窗前，一夜不能成眠。那喚醒伊的溫柔得令伊幾至掉淚的聲音，是一個男人小心在說：

「可以，找個地方聊聊嗎？」

病癒，伊和一個長相十分鄰家男孩的法國街頭畫家邂逅相戀迅速同居，伊擔負兩人所有生活所需，供給對方上藝術學院的學費，爲對方安排習畫的名師，糅和成熟女子的體貼及大學女生的純情，伊用掏空生命的方式深切熱烈愛對方。

一年後，對方回去法國音訊全無，當獲知對方在法國結婚成家的訊息，伊驅車高速公路之上，車行任隨意念，時而飆發時而鈍慢，速度屢屢要失控，在一個險險擦撞鄰車的驚險中，伊將方向盤瞬間大力扭轉，甩車至路肩猛然煞停，在空茫漸漸褪退的時候，伊迎面撲風一般，突然將十餘年前下雨的那個春夜，一個痴情男人爲愛人即將遠離不回而悽惶落淚的心情，膚觸、貼熨、擁抱、嗅聞的，全然明瞭了起來。

伊開始強烈思念他凝睇的深情、小心的對待、精緻的用心，在記憶裡不斷搜尋他帶伊去過，只宜兩人的靜美咖啡廳，伊不再交男朋友，因爲伊已確知，這世上會爲伊落淚的男人，不會再有第二個。

主動爭取一個到台灣處理商務的機會，伊在離開台灣的第十五年，首次回到台灣。

輾轉問來他辦公室的電話號碼，在看不到表情的驚訝、寒暄、敘舊、唏嘘結束的一個短暫沉默之後，伊聽到他不知有意或無心的一句：

「可以，找個地方聊聊嗎？」

在一家紫藍桌巾、碧綠座椅，每一個方桌都有一盞聚光燈居高臨下居中打照，充滿地中海風味的義式小餐廳，伊見到已經很像鄰家好爸爸，結婚才只一年多的他。在音樂只播單音木吉他的夜較深濃時分，伊問「爲什麼這麼遲才結婚」，他洩漏了一下來不及調節妥當的眼神，伊便緊追「是爲了我嗎」，他靦腆不安避開目光，終於垂下頭，重重的點頭。

無論台北的變化有多大，伊的鄰家大男孩永遠不改變。當他載伊穿街走巷來到位於幽僻小巷的這家義大利餐廳，伊就已知道，一百八十度旋轉餐廳其實並未在繁華台北市眞正消失。四十年來伊爲自己設立並攻下的所有目標，墓碑一排羅列，剎那間，座座崩塌得沙飛石走、壁殘垣斷，只有眼前才是伊差點遺落的永恆。伊由女神謫降爲凡人，娓娓對他敘起十五年來，伊迷失後重回原點省思的心路轉折，以及清醒後，對他的坦坦白白的相思。「我們還有機會嗎」，伊做一個如此綿纏的結語，使他不禁紅轉了眼眶，也絮絮說起自己和妻子之間心靈落差極大，他說自己是一個婚姻中的不幸者，當年失去伊，他就知道此生幸福已無望，只是他的妻子已懷有六個月的身孕……。

伊心念一轉，突然懇懇切切對他說：

「只要你說可以，我甘心無所要求、不要名份的跟著你。」木吉他單音演奏像空谷裡虛靈的梵音，伊這一刻宛若宗教洗禮的安靜與虔敬，他激動的伸手過桌緊握伊的雙手，珠淚緩緩奪眶，他幾近低聲吶喊的說：

「這不公平！至少我還經歷過婚姻，你卻是個未婚者，你知道我從來就捨不得你受委屈，怎麼可以這樣對待你，怎麼可以叫你為我犧牲？……。」

那一晚，他們腸熱容動，戀戀難以分離，他卻終究還是要在十點以前回家。這點微渺的不悅，並未眞正在伊的心中落塵，因為從告別的那一瞬間，一樁重大決定便已經成形，伊淚痕拭淨，又是一頭鑁鑠的獵豹，由起飛飛機的窗口大尺度鳥瞰漸遠的台灣島，伊在心中斬釘截鐵的說：

「I Shall return!」

回洛杉磯一年後，伊閃電和總公司一位鰥居多年的高級主管結婚，婚後一年，伊在對方一頭霧水，頻問「為什麼」、「我不懂」的迷障中催促離婚，辭呈已遞送、房子已託賣，伊帶著所有積蓄和所有人的不解，頭也不回的離開美國。

掌控力愈強的系統，脆度相對會愈大，計程車上疲累又清醒的伊實在太了解自己，四十一年一手營建的人生城堡，當伊說不要，便立刻崩潰瓦解灰飛煙滅。這一次，伊帶回來三年前他口中的「公平」，不論他離不離婚，伊都是一艘倦航的輪船，轉舷對向花妍草綠的溫暖碼頭，緩緩正要泊岸。因由他對伊不變的細膩用心，伊情願一生只此。

過半夜的有他的那座城依然燈火熒熒，繁密撩亂處似一座輝煌的夢境，伊稍稍調整一個讓自己更舒適的坐姿，心滿意足的在想：明天撥電話給他，要記得搶先問他「可以，找個地方聊聊嗎？」伊又虛脫的輕輕笑了起來。

一星期後，伊產生互抗因子一般，急速離開有他的那座城市。

伊不斷向人抱怨台北的髒亂低品質，「沒辦法，我天生適應美國比適應台灣好」是伊不費冗詞的所有說明，伊帶著所有積蓄和所有人的不解，頭也不回的離開台灣，並且知道，再也不會踏上這塊土地。

那一天，伊出其不意給他那個「找個地方聊聊」的電話，他約伊見面的地方是——

麥當勞！

我倆算不算是一對戀人

什麼都不輸，只輸婚姻這一樁。婚前野馬般的大哥，為追嫂嫂早已戒菸戒酒還考公家工作，婚後，更被馴服得像吃了符咒似的，小滿真的只輸婚姻這一樁，但女人輸了這一樁，其他彷彿就都贏得不實在。

一雙雙剔亮如花、走轉流麗的燈，掣引數不清爾來我往的車身，在黑不透的向晚夜裡，將街道滾滾流動成一條美麗灼爍的燈河。

河那頭，咖啡屋一格格暖馨的黃燈氣，從串結滿牆的炮竹花間綻射，像一場暖烘烘的張燈結綵，而小滿，站在河這頭。

她游移的眼似無落點，卻道道掃過咖啡屋前一個土黃色身影。好一段時間，她隔岸看他一長串等待中不耐煩的燃菸、拈熄、甩菸蒂、抖腳、挖鼻孔，而這一切，又全在嚼、吐檳榔的口部律動中進行。

要和這等人相見?自己眞己「淪落」到這種「克拉斯」嗎?小滿心中已不是那種喜不喜、氣不氣原始又明白的情緒，只一遍遍感到沉沉浮浮的倦。

一星期前，姨婆一通越洋電話給小滿，介紹一個手帕交姊妹的么兒。說對方是她「從小看到大」，人不錯，就是有些么兒脾氣，做事「不照步走」，天性愛迌迌，在台北一家旅行社作事。

「我接你出生、牽你去讀冊（上學）、現在雖然人在美國，也不信看不到你結婚。眼一眨你就三十幾歲了，不需要太硬氣，差不多可以的就要嫁，查某囡像是花，花謝入土空花叢！」姨婆搶時間說話，逗點都不必點一個，一陣好啦好啦，就咔嚓一聲掛斷，小滿預備要說的話，全部掉到太平洋。

今天下午，辦公室一通找小滿的陌生電話。那人叫宋錦生，平常在旅行社工作，這二週回鄉，專職相親。末了約定見面地點，那人企圖幽默：

「我穿咖啡夾克，要不要拿一朵玫瑰或一本雜誌什麼的做記號?哈!安啦!我很出色，『兄弟』型的，帶團出去他們都叫我『大哥大』」。

小滿下了班直接過去，早到四十分。隔著街，騎坐在停放騎樓底下的摩托車上，輕輕甩盪手提包，以一種比無可無不可多一點可的心情，貼身近看暮色正以濃度漸層，在近乎眞空與恍惚的守候時間裡，小滿甚至聞到暮色的氣味，然後，一個回神，那人就出現在冥冥的彼岸。

小滿抽回皮包，在皮面上摳摳劃劃，不知不覺憑空做出拈指摺紙鳶的動作，並逐漸被往事帶走……

對角摺再一個對角摺成等腰三角

二年前是相親的巔峰，相同程序的事，一年中反覆做了二十幾遍，到後來，人痲木不仁了，還貼進許多起起落落換不回的眞實情緒。

掀起三角形一角偏推，對線拗壓成一角正方，反面再做

相親這事，是生命中不期然的變數，只是不到令人不能接受的地步。在頗受大學男生歡迎的女子專校就讀三年，小滿並不缺乏讓愛情發生的機會，但若爲戀愛而戀愛，就實在不像許小滿的作爲，她勇敢而天眞的氣質，擺明了追尋一份世紀性傾心戀情不惜盡擲所有的孤注決心，眞不知路是怎麼轉的，畢業後回鄉就職，一年一年過，接痕都不大明，竟走上了相親路，擺明了爲結婚而結婚。

掀正方形一角往內推拗、對角、壓平，換邊再推拗

先是一個陌生男人經由介說，以社會條件勾勒隱隱輪廓，在你生活中冉冉空降，而你，暗地經營許多美麗或優雅前去相迎，結果卻往往僅是錯肩駐足時閃躲惶疑的一瞬，就兩相不回頭的走遠，當然也有回首顧盼的，但走遠總是事實。相親其實也像一種遊戲，規則下新奇刺激，結束了可重來，玩久了便無趣。

動作重複再重複，摺成狹長的雙面菱形

十年修得同船渡，相親雙方上輩子修的是那種緣？燭光花影、溫柔對話、一分袂便成陌路。

摺紙力道全在指尖，捏要虛、摺要實，菱形邊向中摺入

姻緣出小滿意料之外的難諧，過程中也興過芳華易逝的驚心，拒絕別人也遭過拒絕，如果眞有個男子在不知名角落等待與她金風玉露一相逢，那麼究竟他正用何等心情在慢慢流逝的歲月裡做些什麼事又向她挪近了多少路程？

向中摺入，每個邊都要，角還得拉尖

或者，根本沒有那個角落，小滿有時甚至想，自己會是那粗心姻緣司一個無心的疏漏？

這邊摺入、那邊摺入、翻個頁，呈現兩道尖尖長長的三角形像仙鶴併攏的雙腳

是與那歸國電腦博士見面後，就開始摺紙鳶。

拈起一腳往上內拗抽成長長的鳶頸，尖角一按壓再抽出尖細的鳥喙

博士一個晚上 INPUT、OUTPUT（輸入、輸出）、R.A.M（可消除記憶體）、R.O.M.（不可消除的記憶體）、談其他話題也不時摻雜大量小滿聽不懂的英文。初秋時節，小滿的眼睛不時往窗外溜，想外頭的空氣一定薄薄涼涼，充滿適合讓人溫尋往事的橙橘氣味。然後逮一個對方吞口水的機會，小滿突然千年火山大爆發，很正色的挨身向前，隔桌扔過一個腦筋急轉彎：DOCTOR，你知道拿雞蛋丟石頭爲什麼雞蛋不會破？對方瞠目結舌，不知是不是口水問題，很久答不出一句。走出咖啡廳，夜風一撲，小滿精神抖擻，決定不告訴博士他「滷蛋」那個答案對不對，便將那晚的人事全置於她的 R.A.M 中，ㄆㄚ一聲關掉電源，永遠 ERASE 掉。家人看小滿歡頭喜面歸來以爲好事將近，而小滿一肚子快樂的寂寞，如何能道盡那四兩撥千斤、出險招敗中取大勝的滋味？

再拈一隻長腳往上內拗抽成神氣的鳶尾，吹一口氣軀體鼓起，調理雙翅的弧度，翅展鳶飛

就那晚，小滿獨坐書桌前，順手摺一隻白紙鳶，心中空空靜靜，有一番剔清後

的澄明，拿起紙鳶，看它在燈下通體晶瑩，溫潤出透明的薄光，那一刻小滿怦然一動、心念婉轉，想起每一個與她錯肩不回的無緣人，情意遂如月光下的小河，泛著無波的柔光，淡淡靜靜地翻山越嶺。上輩子，他們若是擺渡的船人，她就是奔赴水岸、空嘆湮波船影的遲來客，她們若是上山採草的藥師，她就是獨自娉婷，被大意錯失的那株，他們若是飛翔的鳶，她不是碧淨的天……，小滿腦眼一陣溫熱，趕在眼淚滴落之前，紛紛亂亂找到筆，在鳶翅寫上博士的姓名，另隻鳶翅，寫他身家職業。從此，每一個ERASE的夜晚，被置放於R.A.M的男子，她都用美麗而感傷的心情，燈下細細摺做展翅紙鳶，俯首專注寫上姓名身家的時候，彷彿在為前世今生的無由緣牽做溫柔的致歉。

小滿低頭看錶，六點零三分，霍地跳下摩托車，攏攏髮，隔街再掃一眼那土黃身影，心中冷哼一聲：也未免「四海」得過了頭！便提包一甩過肩，烈士赴義般奮不顧身衝向燈河。

頂多再摺一隻摺鳶，她搶著對自己再丟這句話！

挾持奮勇過街的餘威，小滿一個箭步跨步那人身後，「宋」字送到嘴邊正待發聲，忽聽身後一句：

「請問許小滿小姐嗎？」

不是眼前這位檳榔兄?!

火車剛通過漆黑山洞，天光雲影豁然開朗，小滿壓在心頭不願觸碰的悶重陰霾剎那間長煙一空，她反射性綻放春花盛開的笑容，只有眼前不計後果，在燈花撩亂的街邊，甩髮波揚，甜孜孜迴身若舞。

小滿速速吃完一盤青椒牛肉飯，一抬頭想起是否該留兩口飯在盤底以示斯文端秀？這念頭旋即被推翻，向晚街邊的曲折心事以及那位磨心的失落及倦怠，像由一場不好的夢境醒來，擔憂沉重一下子都不存在了，且不管下場夢內容如何，當下即今就値得盤底朝天，秘密慶祝。

小滿顧盼煥燦，杏仁眼晶晶亮，有斜飛入鬢之姿，油光光雙唇線峰分明，興頭旺烈得像小孩，不知爲什麼竟然想起小時候有一次功課沒寫完，憂愁一路去上學，到校知道老師請假沒來，那種快要爆炸又不能炸出痕跡的瘋狂快樂。

當她啜飲熱紅茶的時候，透過舉起在鼻端的杯沿，正式端詳「正牌」宋錦生。

他正低頭大口吃肉，肘張得極開，動作舞舞弄弄，濃密的黑髮微帶捲，使人心生孩子氣調皮任性的憐愛想像，粗絨條咖啡夾克敞開一大截拉鏈，露出好看的巧克力圓領毛衣，剛剛他的牛排來得遲，他趴在桌上一副挨餓狀，好像說了一句：「廚師親自出馬到神戶挑牛排，回程K不到機票」，小滿一陣想笑，不知今晚宋錦生這樣方式的現身，算不算滿討好的趁人之危？

見他匡噹一聲扔下刀叉，小滿目光蛇一般無聲游移而去，宋錦生拉餐巾一角慢慢揩嘴，眼光盯在小滿面頰逐漸盛滿笑意，小滿沒設防一下子慌了，宋錦生拍自己右頰：

「你這裡帶『飯包』！」

小滿應聲拍落飯粒，其實並不很在意那一絲尷尬，經由黃昏街邊的情緒大轉換，她打定主意今晚要善待自己，將婚姻向度的指標撤離，她只要當她自己。

宋錦生很健談，談得眉飛色舞；很愛笑，笑得盡性開懷，濃眉闊嘴，五官全是表情，動感十足的臉，一靜斂止，就別生一股溫柔的專注，彷彿全世界只對你一人認真。這樣的人，怎需經由相親？小滿在心中不禁嘀咕。

「其實我很喜歡相親！」宋錦生適時談及今晚的相見，好像識破小滿的心事。

「少去尋尋覓覓嘗試錯誤的過程，雙方將社會條件亮在枱面上，這第一關先通過了，且慢就定婚姻，可以再談一段沒有後顧之憂的純戀愛，這第二關再通過，才是婚嫁時機，該明的明，該暗的暗，既理性又浪漫。」

小滿第一次在相親時候談相親，很有被解剖的安全顧慮，但面對宋錦生的光明坦然，便放鬆一顆繃緊的心。

「而且，是ㄒㄧㄤ親，彼此相親近的機會，不必ㄒㄧㄤˋ親。明明是親近的ㄑㄧㄣ，不是結親家的ㄑㄧㄥˋ，對不對？我這樣想，所以我喜歡相親。」

小滿被宋錦生的眼光詢問，便接口：

「我不排斥也不喜歡，因爲我曾經是自由戀愛的支持者，不是支持戀愛，是支持自由，但是眞正的自由是以不妨害別人自由爲自由，所以我也尊重並且接受別人爲我安排相親機會的自由。」這順口溜「自由」，流暢得小滿的思考差點追不上，趕緊再補一句：

「不過，聽你對相親的解釋，讓我好自在，不再爲自己的沒有原則而羞愧。」

「好自在」一說出口，小滿心中一駭。宋錦生眉尾又飛舞起來，挨近桌邊，笑顏逐漸擴開：

「我很少回鄉，一回來就展開密集式相親。」宋錦生的手作勢由臉前坦克形狀與速度輾過。

「有一次我在國中教書的四姊召集全校未婚女性教職員工到我家包水餃，我一推門進去，啊！後宮佳麗三千人！」

小滿被宋錦生誇張表情逗笑，不甘示弱的說自己：

「頭二年相親，雙方人馬照面簡直像二支球隊，今天我只單槍匹馬來，你可以想像那過程流變的曲折及滄桑。」小滿感覺自己今晚好真實，一些飽脹的不知名情緒一直在緩緩流動，她知道，情緒是可以被帶動的。

「我以爲你是不需人陪的女孩？」

「我當然是！」

小滿伸手後甩一下頭髮，軟厚的唇噘高，曾有男孩說，小滿最美的時候，就是理直氣壯的時候。

「我滿氣我家人，打著『關心』這金字招牌，卻用可以比較出的冷熱態度，有意無意干擾我的情緒，評定我的——。」

突然小滿弱了聲勢，憑什麼對眼前這說不定只有一晚交情的男子直言無隱？那是小滿長期的隱痛，無意中將它輕揭，卻仍然痛楚撲湧，但話已出口，只好囁囁嚅嚅：

「評定我的價值。」

小滿低下頭，慌張的頻頻用小匙擠壓紅茶包，好一會兒等不到對方說話，她又突然很勇敢的邊抬頭邊說：

「在心情上，他們就等於清倉落價，隨便賣！」

頭抬得高高的小滿眼眶圈圈加紅，暈黃的燈光下，她確信對方不易察覺，拚命吸住氣，不讓淚滴下，這是什麼魔奇詭異的夜晚？使人催眠似的剝卸層層甲冑，心靈直感而脆弱，執意要當的自己原來竟是這樣？她真對自己感到陌生。

一向小滿都深愛家人，以致婚事拖成疲累軟乏，便增多她額外的辜負及愧疚。但似乎從沒有人肯細繹尋索小滿幽微的心事，只一遍遍以過度的提醒給予壓力，或者以根本不提醒加重壓力。經過多種情緒瀝洗錘鍊才算愛情的完成，這些年，小滿身經百戰由各種情緒勇敢走過，卻無一樣有關愛情。

當小滿噙含的淚水消褪，迎面清晰便見宋錦生斂收若思的容顏，以及倒映在他定定眸子裡中，倔強美麗的自己。

「無論如何，不要沒有了自己。像我，見過的女孩如過江之鯽，但我仍然清楚知道，我要的女孩。」宋錦生眼中突然閃爍幾朵輝煌，小滿卻在這時低下了頭。

靜默的空檔，情歌格外低柔，燭光剛點燃，光芒份外輝燦，小滿細聽歌詞：

櫥窗外顧影
雨中獨行
街角等候
有人在單調貧乏的日子裡做一場落花繽紛的夢
醒來
窗外一枝寂寞的玫瑰花瓣凋落……

「眞不知阿姨怎會想到你和我？」宋錦生愉快的聲音響在歌聲中。

「我叫她姨婆。」

「咦！那我們的輩份有問題，亂倫！」小滿迅速白宋錦生一眼，他便哈哈大笑。

「醫學昌明時代，我竟然是阿姨接生的！」

小滿驚喜搶接：

「我也是！」

兩人於是努力尋找彼此的共同點，同一所托兒所、小學、同一個補習老師、宋錦生還是小滿姊姊的同班同學、小滿住舊街街尾的時期，宋錦生在街頭。

「說不定我還見過你！」宋錦生抓住興頭，顯得興高采烈，而他眼中的小滿，固然脫不了小女子的嬌羞習性，但神氣上霸道嫵媚，更像一頭天真的小獅。

「我小時候嗜好拿拖鞋追著人打，一不高興連路過的人都打，有一次追打我爸爸，從街尾追到街頭，因爲我發現我家小孩每個人名字都夾一個『豐』字，爲什麼我不是許——。」

小滿煞住口，由頸根燃燒滿臉的暈紅，燭光都遮掩不了，宋錦生不放過機會，眼神帶點壞，盯著小滿咧嘴笑著說：

「許豐滿囉？」眼光還往下一溜。

歌曲又變得清晰。已不是剛才那首，小滿忙拿起小匙拚命壓紅茶包，這個夜晚，明明愉快卻又感吃力，小滿感覺自己是隻小船，在不起風浪的海上也漂漂浮浮。

侍者走近桌邊，輕聲問：

「請問有許小滿小姐嗎？外線電話。」

小滿狐疑地走到棕櫚樹旁的角落接聽電話，那頭傳來姊姊豐美的咯咯笑聲：

「小滿！是我啦！」

小滿明白些什麼，心頭一煩。

「嗨！怎麼樣？怎麼樣？」豐美身邊似乎圍滿了人，嘈嘈雜雜。

「無聊加三八，什麼怎麼樣？要知道你不會自己來看。」小滿沒好氣說完正要掛電話，突然聽到阿媽的聲音：

「乖孫哪！你吃飽了沒？你要多笑，不要不睬人，頂回那次就是你……。」

「阿媽！你放心啦！還不去睡，明早要去運動。」

「喂！小滿啊？我是大嫂呀！」最令小滿不能忍受的事終於來臨，大嫂嗲膩的語調使小滿渾身緊張變成刺蝟：

「有沒有打擾你呀？妳下班也不先回來一趟，我有新買的蜜粉可以借你用，還有上回買的柒仟塊洋裝也拿去穿呀！」

小滿只覺敗了一回。

嫂嫂是富家千金，嫁到鄉下頗有紆尊降貴的委屈，有時連碗都不洗，逢年過節祭祖拜神她就裝病，姑嫂二人向來相敬如冰，偶有不相投處，也都是口頭數語，表過便罷，小滿懂得「媳婦也是別人家寶貝女兒」的道理，只求一家和樂平安，多做些家事多忍讓並不吃虧。不料有一次，小滿無意中由分機聽到嫂嫂和娘家人通話，嬌嬌的嗓子壓低，用充滿嘲笑揶揄的口吻編派許家土氣落伍種種不是，還說小滿「家裡有嫁不出去的小姑，最難侍候」，那晚，小滿在天井一件件衣服扔進洗衣機，地上的影子拉得斜而長，屋裡傳來哥嫂吃吃的調笑聲，她的心空而冷，想了一會，霍地拍下開關，讓洗衣機發出嚇死人的滾軋聲。

暗中較勁成為小滿新的生活重心。裝扮、服飾、處事，都以看到嫂嫂眼中的驚訝或不快為目的，小滿圓嘟嘟的臉，嬌小的身材，不易讓歲月落痕，經過精心的打扮別顯粉嫩可人，的確造成嫂嫂相當程度的威脅，尤其嫂嫂懷孕期間，簡直毫不隱飾地流露稱羨，並不時把「等我生完後一定要……」掛在口邊，好像這是一道免戰牌，攤明了這段期間不和你交兵，勝負不算。

哲哲出世後，小滿禁不住真心疼愛著侄兒，暗暗也曾想讓哲哲親自己勝過親他自己的母親，不過，這種想法並不光明，小滿並不屑自己這樣做。

什麼都不輸，只輸婚姻這一樁。婚前野馬般的大哥，為追嫂嫂早已戒菸戒酒還考公家工作，婚後，更被馴服得像吃了符咒似的，小滿眞的只輸婚姻這一樁，但女人輸了這一樁，其他彷彿就都贏得不實在。

「對了！小滿，哲哲用的進口尿褲沒了，市中心大超級市場才有賣，你回來幫我帶半打，上面印英國皇孫那種，豐美也要，要妳幫她帶二包，喂！等一下，豐慶要和你說話，你看你大哥多關心你，嘻—嘻等一下等一下，哲哲要和你說話。」

嫂嫂在一旁攛掇：

「叫姑姑！姑姑！」

「姑——」哲哲軟嫩的童音一傳來，小滿腦門一陣發熱，心鬆了一下像快掉落，有點想哭。

「說，祝姑姑好運，GoodLuck！」嫂嫂像不死鳥，小滿死不吭聲，她也自說自唱一串，生存力極強。

哲哲果然在電話裡咕噥了一句粘糊糊的話，就換成大哥成熟的聲音，小滿立刻提高音量：

「神經病啊你們，是誰告訴你們我在這裡？」小滿一肚子塞腔堵喉的氣，說話都帶喘，大哥好言好語：

「姨婆嘛還有誰？她先打到對方家問再打來我們家，大家都關心你，沒別的意思，姨婆說那個人不錯，你要好好把握！」

「我就是被你們的關心害到現在！把握個屁！你們說好的，我偏不要，怎樣？」

小滿的語氣由陰成狠，殺氣騰騰。

「怎麼啦？小滿，別生氣，大家都關心你呀！」

小時候，豐慶老揹著小滿滿街跑，體育課還跑到教室外偷看，打手勢叫小滿不要說話專心聽課，小滿想，她疼哲哲的心一定就像哥哥疼她，如今連哥哥也站到距離外看她，她對哥哥的氣，其實是失望。

「回來的時候別忘了帶尿褲，好了！要不要和媽媽說話？」

「不要！」小滿重重掛上電話，但提不起離去的腳步。

千百隻紙鳶在她心中一齊撲翅飛翔，呼一聲那些可 ERASE 的夜晚全回來了，老在沒有前景的事上做著結束的工作，常陷小滿於自虐的調侃解嘲中，相親不是初願，愛情則今生無望，早被小滿塞進遺忘的角落，偶爾溜出來，啃嚙她的心，燈下摺紙的心事悠悠長長，泛著月光寂寞蜿蜒，最怕見父母搖頭嘆息……，她的倔強好勝對這一切盡不了一點力，面對婚事，她分外勇敢而軟弱。今晚，她只不過想當自己而已，卻被一通電話重新提醒她那怕會負擔不起的責任，如果眼前有一條不必回頭的路，她會毫不遲疑的迎上前去。

小滿回座時神色有異，宋錦生忍不住問：

「怎麼了？」

小滿搖頭也搖落斷了線珍珠般的眼淚，啪嗒啪嗒不能收拾，宋錦生欠身站起，由對座挪移小滿身邊，不停的說怎麼怎麼？

小滿邊哭邊慌亂找皮包裡的面紙，鼻涕眼淚縱橫滿臉，宋錦生幫忙拿出面紙，一張張抽給小滿，小滿接過，胡亂擦眼鼻，又拚命落淚，終於接到一條摺疊平整的藍灰格手帕，正猶豫該不該用，宋錦生說話了：

「沒關係拿去用，面紙已經用完了。」

小滿用手抹下臉，將手帕推給宋錦生，卻又聽他說：

「眞的沒關係，你要是介意的話，洗完後下次見面再還我。」

好不容易小滿平撫了自己，對宋錦生斷斷續續說電話的事，不一定對方能懂，但小滿太想說，她低著頭，抽抽搐搐，連向晚街邊那嚼檳榔的土黃色身影都說，宋錦生以靜默提供很寬的空間，也像一種縱容與支持。

「有時候，我眞想閉著眼睛隨便嫁掉，結束這件事，有時候，我又想偏不嫁，用不如願懲罰他們。」

「你也許無法想像，你不是街邊那個抖腳嚼檳榔的人，帶給我多大的安心和狂喜。失敗的次數太多，我不但混淆了選擇的標準，也動搖了自己的信心，只有用相親的對象當反映投射，看自己的條件到底夠不夠？很悲哀，不是嗎？」

「我不要別人關心也不要別人放棄，雖是人爲安排的姻緣，也要留部分自主的權利，婚事對人的一生這般重要，我卻慌慌忙忙跌跌撞撞，一點辦法也沒有。而他們就像認定了什麼，還會記得要我帶尿褲，就認定反正不會成，不差這一次。」

小滿低頭不斷傾訴，這才注意桌下，宋錦生裹著米色牛仔褲的腿修長而結實，與她的膝輕輕貼著，而自己手裡還絞捏著他的藍色手帕。一直沒開口的宋錦生突然說：

「走，我陪你到超級市場。」

超級市場燈火通明，宋錦生恢復眉飛色舞，近打烊時間，顧客稀少，兩人慢慢推著籃車行進，宋錦生不斷說自己料理生活的能力及採買物品的經驗，還寶裡寶氣做出推銷產品的模樣，誇張處小滿便咯咯笑，經過水果菜蔬區，宋錦生舉一堆茄子蘋果菠菜在頭頂跳夏威夷草裙舞。

經過食品、器皿、嬰兒用品、家電……，就像經過一個凡常的家庭，設計熟悉的生活內容，而小滿一向嚮往成家。當她發現兩人幾乎耳鬢廝磨的湊著頭研究一部多功能果菜機，立刻不露痕帶開身距，湧生一股不尋常的滋味而暗自驚覺。

那美麗灼爍的燈河正浪浪相逐，輝煌無比。街邊，宋錦生幫小滿捆穩嬰兒尿褲，脫下夾克遞給小滿：

「我送你。」

「不必不必，我騎摩托車很方便。」小滿愣愣接過衣服不知為何。

「騎車和坐車很不一樣。我聽姊姊說你住的村子前一陣子銀樓遭搶劫，治安不太好。」宋錦生已騎上小滿的摩托車，扭頭對小滿說話。

「你自己怎麼回來？」

「我搭客運車。」

宋錦生再度回頭，小滿坐上後座，聽他說「穿上」，便順從著披上夾克。

冬季的晴朗夜空寧靜遼遠，星星從田野的這頭迤邐到那頭，星光擰一下就要滴落。刮臉的風中傳送淡淡的乾草香，小滿躲在宋錦生背後一路猜，是路旁的草香？

是枯乾的稻梗香？還是宋錦生的毛衣氣味？無論如何，坐車眞和騎車不一樣。

道別後，小滿牽車入院，走經大門，還來得及看宋錦生一截米白身影在黑夜裡的最後一點沉沒。

一進門，家裡鬧轟轟，村民自衛隊正在交班，父親是村長，忙著編派，人影幢幢中，小滿看見幾個常在廟口閒逛的混混，心中十分不悅。和父親溝通過幾次，自衛隊要保護村民，本身先要講究素質，持刀帶械的不能自己先亂來，父親卻說人多勢力大，這些人才足以對付惡霸，十分鐵齒難通融，母親正捧一鍋米粉湯出來，小滿忙去準備碗筷。

漂浮的小船泊進停靠的港灣，疲累的小滿蒙上棉被只覺一陣軟乏，朦朧朧進入夢鄉，暫時不去管海上的其他。

將那夜發生的事一件件正式拿出複習，是在小滿騎車經過田野的第二個黃昏後。

隔一段小小的時間距離，那夜的事分外清晰，像鏡頭裡的調焦，一經準確纖介分明。風中夾帶的乾草香，小滿確信是宋錦生的毛衣香，而宋錦生的音容聲笑鮮活的跳在眼前，則是在小滿無意間由皮包翻出藍灰格手帕的時候，她用香皀細細洗淨，陽光下曬得蓬蓬乾，摺疊時心中想著下次還他，又趕緊抹去這想法，怕想過的，會不靈驗，也怕面對眞正的自己。

電話變成礙眼的角色，無論響或不響。有時電話響時她會藉故走開，忍不住放慢腳步等別人叫她，確定不是她，就猶豫著該離該回。有她沒接著的電話，她便猜測是否是他？證實不是，她通話間便會一陣意興索然。「有沒有我的電話」，是這陣子她的嘴邊話也是她龐巨的心中事，期待中起起落落的心緒令她自己也吃驚，從未有過這種感覺，她不知如何自持，漸漸地，她開始懷疑自己。

「密集相親」是宋錦生親口說出，何以見得自己會是他眾多人選中最足心繫的一個？對自己而言充滿異彩的夜晚，或許只是他的一個尋常？而他那些暗示性的厚待，也許全是習慣？小滿悽悽的想，井底般的生活世界，永遠只是一角藍天，偶爾飛掠花蹤蝶影，就叨唸遐想得不能自已，而人家呢？小滿想起宋錦生挑動的眉及斂容時沉沉的眼底，發現他最迷人處在神韻，那稚氣與傲氣的平均。

惶惶有待的心情帶著日子遲重沉悶，她有時決定結束這些，不再想起。有時又決定即使他早已淡忘，她也只有感激而無悔無怨，近乎折磨的有無之間的嚐受，拍岸一擊，浪花之頂的激越騰空，都是她生命中的唯一及永恆，她喜歡壯烈悽美的感覺。但是有時，卻在她初著婉秀新衫或洗淨如瀑秀髮，走在午后金黃陽光下感到自己輕盈美麗的時候，極端渴望能在街上遇見他。

然後，她變回憶時的微喜而爲逃避，那夜的許多言行在斤斤計較下，都顯得不精緻及欠得體，最不可原諒的是那場決堤的淚水，世上沒有一個男人會喜歡情緒化的女人，尿褲的陰影也有擴大，連頰上的飯粒都是罪魁禍首，小滿討厭這樣批鬥自己，更討厭批鬥後仍不死的期待心情。

終於，小滿將裝滿紙鳶的盒子捧在燈下。今天晚餐時，阿爸皺著眉看她：「怎麼小滿瘦了」，上星期姨婆來電話，他們也沒讓她聽，哲哲爬過來抱住她的膝，仰頭瞇眼皺鼻喊姑姑，小滿想起這陣子連哲哲都冷落了，便緊緊摟他入懷，悶壓著自己很難言的心事，「喔！哲哲，你知道姑姑發生什麼事了嗎？」小滿嗅聞孩的奶香，閉上眼輕輕晃搖。

鏡裡的小滿沒了生氣，眼裡睜著迷茫與哀愁，盒裡五顏六色的紙鳶失去飛翔的想像。她抽出色紙裡咖啡色那張，指法熟巧摺進拗出，心中出奇平靜，只有在翅上題字時，酸熱襲上眉睫，遲遲難下筆。其實，藤纏磨繞全在過程，決定會是一個句點。

這場未綻先凋的愛情，她已做過今生所能有的珍重付出，如今面對空卻的花枝，感到一身負不起的疲累，平靜的生活單純的心，本來就沒爲這些突兀的情緒設位，連這段愛的心情，也在今生的預算之外，過了今夜，調整記憶向前，她決定，愛愛自己。

咖啡紙鳶樸拙討喜，無法輕易揮去的夜晚，一個R.O.M內的男子，終究也還是，紙鳶一隻。今夕是何夕？田野星光如何？那黑夜裡最後一點米白，小滿禁不住輕聲再問：而你，究竟在哪裡？

上班途中，小滿拐到觀音寺，在焚化爐內引燃了火，滿盒紙鳶縱身投入，升竄的火舌瞬間攫噬它們，決絕結束才能眞正開始，熊熊火光前的小滿這樣想，卻出奇不意急急搶救了最邊，翅上無字咖啡色的那一隻。

星期天，小滿由滿窗綠影及啁啾聲中醒來，陽光燦爛，她心頭亮新，有再世爲人的感覺。二個多星期沒有帶哲哲，她要像從前的每個假日那樣，提著奶粉餅乾尿褲玩具，和哲哲到廟後草坡去野餐，回來讓哲哲睡一下午香甜好覺。

近午小滿一進家門，嫂嫂就告知有人打了一上午電話找她。日斜西，小滿接到那通電話。

「我宋錦生，找你一整天了！」

「……」小滿空空怔怔，努力要想一上午陽光草坪的閒靜美好。

「喂！妳在聽嗎？我人在台北，剛帶團回來，處理好一些事就開車回去看你，八點，八點在咖啡廳見，好嗎？」

「對不起，我今晚有事。」小滿很露痕跡的冷。

「嘿！怎麼啦？怎麼會這樣？」

「很抱歉，宋先生，你沒早約。」

「拜託！我以爲我們之間不必這樣，我以爲你知道，欸——你該不會在生氣吧？」宋錦生語氣急了，末了一句有恍然大悟的意味。

僅只是生氣而已嗎？小滿的冷靜開始有撤退，堵起一腔的話，又什麼都不願多話，那段日子的情緒像一個驚駭的浪頭，來時洶湧狂巨，退時細浪相逐，漸擴漸遠。小滿寧願什麼也不說。

「你聽我說，八點咖啡廳見，有話當面談，見不到你我就到妳家圍牆外等，妳出來也罷不出來也罷，反正我都在那。」

「不必了，我不想見你。」

宋錦生在電話那頭大吼：

「那天送你回家半夜裡接到老闆電話，拉薩西藏之旅的領隊急病入院要我替代，帶這個團要有登山經驗，不是任何人都可以勝任，我本來帶一下團被往前調，趕完手續當天就上路了，那邊又不方便和台灣聯絡，妳叫我要怎麼樣？出不出來你家的事，反正我會等！」

電話咔嚓切斷，小滿握住空電話，理不出下步該如何做，總是一陣空空怔怔。

小滿醒醒睡睡到七點，磨蹭著吃飯、清理，噹一聲鐘響，嚇小滿一大跳，她人坐在螢光幕前，心慌慌留意屋外動靜，連背影都透露出不安。時針分針的夾角，像作弄她的精靈，永遠在一閃神間變換出她不滿意的角度，而秒針是另一個催命的精靈，深切洞悉她的心事而毫不同情的出聲數落她，「不要去管時間」這念頭，愈強調反倒愈像在提醒催請，終於十點半，她走到圍牆外，只見一地月光，如荇草般交錯游動的樹影，十一點，也還是。

小滿回房，怨憐不已，他到底還是沒來，反顯得自己情多餘恨。當她在痛苦的淵海浮沉無援的時候，他正風發在西藏的高原？當她幾乎在等待的情緒中滅頂的時候，他在岸口上如常的走過？小滿如今連不甘心都承不起，她只企求在平靜的日子裡一路走來，學會忘記。

哭哭睡睡、醒來想想，淚水又湧起，好不容易小滿累了，沉沉睡去，半夜卻被客廳的嘈雜聲擾醒，隱隱約約知道是自衛隊交班，彷彿又有人在大聲爭辯，那很急很大聲音的，小滿只覺耳熟，應該是阿爸她想，但不知出了何事？

清晨上班，小滿雖然頭痛欲裂，但精神極好，她曾經動搖的決心再次堅定，她無論如何不會讓宋錦生在她的生命中駐足，即便當他面她也會如此說，昨天終於過去，紛雜已經沉澱，小滿蒼白的臉由於安心而呈現一片清和。

晚餐時，小滿聽母親詳說昨夜村中發生的大事，有幾個自衛隊員喝醉酒，又沒戴臂章，在村口亂攔車詢查，有輛車以爲遭劫要硬闖，被他們用木棒鐵鍬砸爛了車，駕駛人也被打傷，幸好小滿的阿爸趕到，將人送醫院急救，才幸未釀成大禍，由車內搜出的皮箱看來，好像是旅行社的人。

是他？是他？是他！

小滿緊緊咬住筷端，腦中萬念瞬閃，連拍器般過目皆是昨日片段，啪地放下碗筷，她彈跳離座，瘋狂奔出找阿爸問明細節。

光燦燦的燈花令人迷離撩亂，計程車內的小滿神情端肅，帶一鍋湯湯水水的補品、一疊新舊雜誌、和皮包裡一隻羽翼灼傷的咖啡色紙鳶，她重拾勇銳無邪在心中篤定的說：

愛情！我、來、了！

想起自己這段日子，雖無愛情情節，卻已飽嚐各種愛情情緒，而種種皆已成昨，她要好好穩穩的把握即今。出門前接到宋錦生含著橄欖般口齒不清的電話：

「我人在醫院，看我一下總可以吧！」

小滿忍不住笑了起來，直直身子，深吸口氣，決定告訴他紙鳶的故事。

小滿的愛情像風動草原中不被留眼的一株青草，世間因緣生滅、情愛升沉，波動一如草浪，但再是微渺的小草，隨眾搖曳中也自有生長的情節，及情節中出奇的一章。

自衛隊一夜三巡，素質駁雜，毫不因小滿的故事而有所改變，他們總是執持械器、亮著手電筒、成群結隊的喳呼來吆喝去，在保鄉安民的實質效益上，很難算計出他們貢獻的量度，治安品質的逐漸惡化，倒成就了小滿的愛情。

城市夜街依舊被滾滾競逐的燈光流動成迷麗閃灼的燈河，這一次，小滿走轉其間光華輝耀，是最美麗的一朵。

飛觴

——一名歡場女子的簡單身世

成團的紫藤花雖盛美得有如一場熱鬧的生命，但那樣重的艷紫偏偏長成單薄的花瓣，就讓人失去富貴壽喜的想像，倒覺得是個揹負血淚往事的女子，經歷一些大憎大愛的人間情事後，就決定不再零落凋萎，刻意熱熱鬧鬧攀瓦沿牆過一生

「我初初和男人相好，就做好了分手的準備，到時候要說再見，才會『阿撒離』！」小玉每次說這話，總是頻頻用攤手聳肩做斷句，有時撮口噴一道長長拖尾的煙做總結，以示分手事件果眞斷得雲煙過眼了無蹤跡，眞是道道地地的「阿撒離」。

這一帶新興社區墾建於高倡住的品質提升的那幾年，芳鄰們爲了證明表裡如一

品質絕不遜於住屋，遇事動輒集會討論表決付行，以求高品質、民主、統一的諧美，但是在頂樓搭建用材、雕花鐵窗格式、甚至警衛月薪多寡等等鉅細情事上，大家多少帶著自我生活經驗和個人差別性情交錯架構而成，牢不可破的獨具眼光，因此不免百家爭鳴，明來暗去地爆發了些小小的不諧美，而唯獨對小玉鐵是特種營業女子這件事的猜測上，大家倒是意外地煥發出空前所未具有過，一把筷子折不斷的團結力量大。

我想，這和小玉自己的桃形鮮艷趾甲、足踝叮噹小金鏈、涼快低胸露背小衣服、以及下午外出時濃藍艷紫卻掩不住慵懶風情臉龐，有著絕對直接的關聯，而和她細嫩雪白的皮膚、裊娜款擺的腰肢、每家先生關不住的偷瞄餘光、以及，時有進口轎車夜半來天明去等現象，則有著腦力激盪歸納演繹的推理關聯。

和她正式結識在附近的生鮮超市，當時她正隨手拿起一瓶鮮奶，我趕緊挨身提醒她鮮奶已到期，當天若不喝就別買，她的眼光隨著放下的手勢毫不遲疑的遞送善意及感激，於是我便伴隨她走一圈超市，並且賣弄賢慧一一指點她「福松」菜心最好、玉竹筍就要買「巧媳婦」，當然，我並不諱言我的虛榮陰險，因為當時我曾一閃而逝如今已然穩準捕捉的是，我曾十分凡人的認為，在她那種女人面前所顯露的賢慧，往往不只是賢慧而已，黑中的白，會更白，無聊的平凡會成爲閃亮的聖潔。

從此她便常在我蹲在前院修剪花木或在門口洗車的時候，很恰好的現身與我攀談，她投我以日本錢包泰國絲巾，我便報之以水餃粽子家鄉土產，很有些華洋百貨南北交易的呼喳熱絡，漸漸相熟後，每當垃圾樂聲秋波臨送而我又還在爲一些丟不丟的雜物猶豫掙扎時，她也會出口促喊：「你『阿撒離』一點啦！不丟不丟留著壓死人哪！」不過，我們始終很有默契的少談她的身世及行業。

秋天的黃昏，空氣慢慢釀造一種橙黃暖馨的調味乳色，非常柔膩可口，我在前院替皀香襲人、薔薇頰色的女兒風乾頭髮，小玉鉛華盡去，箕踞間隔兩家院落的花岡石矮牆上，閒嗑瓜子，彎著眼文文笑看我們，很長一段時間不言語，天邊的橙，一筆筆無聲加濃，帶一種薄薄的心事，我抬眼發現滿地瓜子殼凝人眼目，便含笑佯斥她：「芳鄰！拜託拜託，有點水準好不好？」就看她撲撲拍下身上餘殼，屈身一躍跳下矮牆，素美的臉淨是笑，彷彿心中藏有不可說的歡事，在這樣一個秋淨內蘊的夕暉中，濃得融不開來。後來，她沒經我同意搬兩盆怒放的杜鵑擺在矮牆上說：「花在中間艷艷的開，兩家都漂亮。」

我和小玉的往來，著實陷好些鄰居於既想好奇窺穿內幕，卻又矜持怎屑詢問的維谷中，頗感進退狼狽，起初，我也樂於小小滿足她們賠笑小心的刺探，兼並滿足自己小小難以言傳的人性劣根，但漸漸的，我對這種染不到半分霽月光風的人際過程感到厭倦，後來與小玉相處愈久，我便更樂意於自己的厭倦。

小玉最大的過失，便是她的「特種營業」，以至使服飾裝扮、言行舉止、五官相貌、交往人等、舉凡有關她的林林總總都成了一齣言情肥皂連續劇，人人喊爛人人愛看。而她的第二不智，便是隔一段時間便更換的同進同出男人，典型類別太懸殊，使得已成話題的話題由於風格的大幅度轉換而爆炒得更成話題。至於她第三個缺失，我私自認爲，她實在不應卜居在這新興的、很提倡住的品質，凡事集會也難決的，生活平淡無風浪便決定用別人當風浪的，高級花園社區。

這個社區不會有人家瓦上堆霜，每個人只消將自己的門前雪掃好就是河清海晏了，所以家家戶戶枝葉扶疏，庭園燈、小魚池在星光的夜晚琉璃輝煌，光漾漾的倒影在方方的水塘中映照花木顏色像一條條彩色滑溜的長魚，而小玉家的院落襯托下就顯得分外清奇雋逸，綠茵是會醉的翠，居中一條碎石甬道，門簷下掛滿各式風鈴，春天，一棵不纖不穠的桃花點點粉紅，夏天，簷廊邊的水池綻開清芬的蓮，秋天的院落沒有耀眼的花，倒有淡淡靜靜的綠和滿窗的風鈴響，到了冬天，誰的眼光都不會遺漏那爬滿屋牆的紫藤。但是，在讚嘆之餘，我總不免多情的去想，成團的紫藤花雖盛美得有如一場熱鬧的生命，但那樣重的艷紫偏偏長成單薄的花瓣，就讓人失去富貴壽喜的想像，倒覺得是個揹負血淚往事的女子，經歷一些大憎大愛的人間情事後，就決定不再零落凋萎，刻意熱熱鬧鬧攀瓦沿牆過一生，那紫是凝血爲紫，那種熱鬧是塡不實的中空體，泠泠迴盪著不清揚的回聲。

而我高尚社區的鄰人，面對這一片清雅怡宜的庭園，卻適足以想起屋內主人的不夠清宜，遂而轉淡欽羡的目光，但又不知以何取代，終而至懸石未落狐疑終日。

去年，有家大建設公司在附近蓋大廈，侵佔了我們社區的游泳池公園預定地，大家情緒如鼎中水沸，又罵又怨正嚷嚷不惜對簿公堂之時，小玉已請妥地方最炙手可熱的名律師，而名律師百忙中願接此案件的唯一理由是——他是小玉的恩客。少費口舌一派乾脆俐落，正是小玉的招牌作風，有一次垃圾車的清潔員用話輕薄小玉，小玉慵懶著一張風情的臉沒見動怒，慢條斯理的將垃圾袋緩緩提起，迸接中突然用力一抖手，那一袋垃圾便紅的綠的全開花兜那登徒子滿臉。

過完年，大家突然嚴重的杯葛小玉，因爲有個男人半夜找小玉，帶著酒意沿戶亂按門鈴，又在門口大呼小叫，嚴重吵擾這高尚諧美住區的安寧，因此有人便借題發揮說小玉的房中常在夜裡傳出奇聲怪音，有傷風化，更污染兒童純潔心靈，戕害青少年健全身心，總之是有此妖孽，社區將亡，幾個「人生乏味」的芳鄰就聯名寄上哀的美敦書，請她自重自愛或自己走路。

這天夜裡，小玉突然來訪，通常，我們一天的情誼都由午後開始止於黃昏，當皎月升起，夜的簾幕鋪展，便是另一種精靈活躍的時刻，所以她的夜間蒞臨使我十分驚訝。她喝了酒未醉，沒上粧，酡紅的臉頰使她顯得眞實，她點菸的手不穩，我清晰察覺自己眞厭惡人與人之間的相互殘傷，尤其是建立在居高臨下以眾迫寡的局勢，使敗者棄甲曳兵都無力的那種。

夜很靜，燈光暈的黃的如水乳融溶，人已游進迷離況境的前一刻，只想入睡，搖在水中參差柔擺的荇草間。她將往事從每個山間水湄呼喚著尋回，伴隨燈光幻化做一汪夕陽的海，薄脆的水面流金推移，我已隨著浮沉其中。

這房子是個中年建材商人買送給她，當時她二十三歲下海三年，是酒國一朵含苞未放的花蕊，合眾的嬌艷兼獨具的清新再加上豪邁的酒量，夜夜有人買她全場，是炙手可熱的紅小姐，建材商不是熟客，卻瘋狂的癡戀她，幾次邀約未成便頻頻貴禮相贈，小玉傾著頭像夢囈說：「男人都是這樣，要不到的可以拚死拚活，我是吊他，他就急瘋了，牽我第一次手，就在嘉義，我家鄉，買棟房子，用我姊姊的名字。」

「我全家從鄉下搬到市區住大房子，我的心不是快樂，是踏實，很安全，滿滿的，不會說，不是快樂。」

我想我懂，對她說：

「我小時候，颱風夜全家都守在一起也是這樣的感覺。」

「對！對！可是，這幾年我回家，家人不太歡迎我，姊還怕我那些侄子們知道我在幹這行，所以，家，我是不想回了！」

小玉的聲音黯淡，煙霧中的臉帶有艷晦，暈黃燈色已織成一襲薄紗輕輕籠罩。

我問她：

「那建材商人呢？」

「他要我跟他，就再買這棟房子，才付了頭期款，公司就倒閉了，他躲債聽說去了南美，大難來時各東西，但是房款總是要付，我就繼續下海，好歹也賺了兩棟房子，對他，沒感情，倒有感激，對我是眞好！」

「存點錢，就想投資裝潢生意，不能一輩子做呀！結果遇到一個……唉！是我自己賤！倒貼小白臉！伺候膩了那些有肚子的老男人，換個口味，讓人來伺候我，明明知道會是這樣的下場，我還是莫名其妙的三百萬全空，他賭，我付錢，就這麼簡單！」

「是不是剛搬來看過幾次的長得很帥的年輕人？」我努力搜尋三年前，記憶中有個長得斯文有學生氣質的年輕男子。

「也許是吧！誰還去想這些，經歷過許多男人竟然還栽在感情手中，舞女三部曲啦！認了！我算是看透了人生，走馬燈嘛！一個個走，一幕幕變，燈還會有再轉回來的時候，人、感情、有些事、去了就沒得重來……」

是啊！在我平靜的小天地中，也常曾經擁有稍縱即逝而今生不再的落失，人生許多人事，不是平靜止息的，不是規則合律的，總是，在動，會變，而且沒有章法。

這宇宙，變是唯一的不變，而變動帶給人的究竟是什麼？我靜靜聽及想，心中有彎彎的影和曲曲的波。

「然後，合則聚不合則散，需要錢用就上幾個月班，反正『青萍』、『紫夢』；我的花名；是紅牌，大家爭著請，枱轉不停，一個晚上，不帶出場都有幾萬塊！有人養我，我就休息，在一起我就預備分手，還不知道傷心是啥滋味我就又換了新的男人，『阿撒離』嘛！每一次都要痛苦難過那我豈不要死好幾次？人生，算了！」

是小玉？還是青萍紫夢？今夜的她既熟悉又陌生，平日的小玉；若抽離她「特種營業」特質；素美、沉靜、俐落而爽朗，醉夢中青萍紫夢，酒國名花，撥雲撩霧風情萬種，而眼前這名春水翦瞳醉酡顏紅看不出情緒的女孩，光澤的臉容卻只充滿著沉重的滄桑與疲倦，當她揮手說「阿撒離」全不似平日斷貿風彩，軟軟顫顫像秋葉，似離枝未離枝，她整個年輕身影燈光下就整個渺渺茫茫起來。

第一次我問她酒國前的往事，她眼中意外而迅速的閃過一絲痛苦掙扎，低眉，拈熄菸蒂，一抬頭，我看到一雙閃眨的淚眼，這是比陌生更陌生，今夜滄桑疲困小玉之外的另一個小玉，我預想將是最深最裡最眞最遠也是最初的小玉。

「我最喜歡妳幫丫丫做這做那，吹頭髮、載她上學，甚至打她罵她，因爲當年我如果生下那孩子，她就和丫丫一樣大。我夢見過，她是女孩。我牽她在走，一大片草坪，突然起一陣很大的風，要將她颳走，我死命握她手，她的嘴形在叫媽媽卻沒有聲音，我拚了命也沒拉住她，她被風吹起飛天走了，驚醒後我發現自己的手伸很長，拳握得好緊，可惜沒聽到她叫聲媽媽。」

夜靜靜在泊，淚靜靜在游，往事靜靜在痛。

商專剛畢業，小玉在城中一家成衣工廠當會計，老闆是個很靈活的商場能手，成熟理性，小玉在他溫柔的網致下很快的迷失了自己。

「他開會，我就在街邊的咖啡廳等他，他要來吃飯我就高興得手忙腳亂，開著餐桌燈盯著大門，動都不動一下，深怕他不在我的注視下出現。」

「他太太曾經找上門，羞辱我、打我，她走後我對著鏡子看自己，嘴角淌血絲，眼睛都青了，但我沒有流淚，一滴也沒有，只要他能來，什麼我都甘願。」

「班上不成，每天就撥電話問他來不來？一天只做這件事，他要來，我就賣力張羅等，他不來，我也等，等他改變主意。」小玉淚已乾，重新燃上一根菸，半瞇著眼說：

「九樓套房有一個窗對著街，我常縮在窗台看街上鬧區的人，我就想，這世界上每個人好像都忙著正要去做一件事，只有我，沒改變沒懷疑，什麼都不必做，只有等。」

「從前的事，很多都不記得了，不必記啦！但是，就是那窗簾，米白色底滿滿粉紅小花，太陽光一照就透明透明，飄起來像在散花的窗簾，我這輩子都不會忘！」

「後來，他就少來，嘉義地方比較保守，他有很大壓力，我生日那天正好星期天，從早等他電話，中午，我在窗台正好看到他一家大小數人，走進對面餐樓，他丈母娘大壽。」她噴一道煙像嘆口長氣。

「有一段日子，眞可怕，白天醒來哭，只有自己一個人，晚上哭到睡著，也還是自己一個人，很空，每天都縮在窗台，盯著門看，有時候眞想敲破玻璃對街上人叫——不要拋棄我。一遍遍問自己，應該是問空氣，爲什麼他不要我？不要我？有一天，眞的吃很多安眠藥，結果睡了兩天又醒來，昏沉沉的，也還是只有自己。」

唉！我清晰的知道，人如果野心想觸碰一件並不屬於自己的珍品，伸手時，多半得顧慮、停頓、忍情，否則，你就得謙卑到沒有了自己。

「我開始鬧，公司，家裡，因爲我知道我會失去，我要證明自己存在，有一天，一大早，他太太打電話示威，說他正躺在她身邊，昨晚他們才好過，掛了電話，我發瘋衝到他家；早上六點多；傭人根本擋不住我，我一間間推門，眞看到他和那女人躺在床上，我正要撒野砸東西，他女兒揉著眼進來叫媽媽，我怔了怔，想想，便扭頭走了，那天下午，我一個人，才二十歲，到診所拿掉兩個月的孩子，三天後我離開，北上，然後下海。」

「甩人、被甩、合合、離離，這麼多年就這樣，沒什麼不能過的，但眞的喜歡看妳和丫丫，也喜歡每天下午睡醒，躺著不起床，看陽光，聽不同的風鈴聲。」她又捻熄一根菸，往事已過，攤手聳肩的小玉又回來了，站起身她說：

「今天，他們卻要攆我走！」

一直到她離去，對於她我全明瞭卻啞口不能置一詞，關上門後我隱約聽到簷廊的風鈴聲在響，在響。

小玉站在這座山頭隔著深雲濃霧遙看對面山頭，我無法教她如何去揣摩站在對面山頭想像這座山頭的心情。她對愛情不帶心情的淺掠，原來是爲了避免投身後灼身椎骨化骨成灰的傷痛，我終也明了「阿撒離」分手不是盡淨俐落，而是不堪負荷。其實這一生和小玉分手不再的何只形形色色的男人，尚有她純深的青春稚情，她熱烈愛人被愛的擔當，她理直氣壯的勇銳尋止，以及，言簡意賅點說，與她分手的正是陳意根本不必很高的平凡女人的幸福。

小玉決定要搬離的那幾天，社區正在替守衛老魏募捐返鄉探親的盤纏，共得款項十萬，小玉聽說此事立刻再獨捐十萬。

「十萬塊有個屁用！」她對我這樣說。

我一直沒有問明她這話是指那一筆「十萬塊」？但我禁不住開懷笑了，留個空白讓我獨自想像吧！但她「阿撒離」雄風重振，令人徹尾眞心要笑，這是否就像那天，空氣像調味乳的秋天黃昏，她坐在矮牆上看我的心情？

春天到了，不纖不穠的桃花又開在醉人的綠浪中，風鈴不再，矮牆上的杜鵑同沾兩家春意，小玉已經搬走了。臨上車她還回頭看我一眼說：「丟垃圾『阿撒離』一點」，我笑著笑著就想哭。

很久很久也沒改變，只要我眼光移駐她家院落，無論任何季節，不知爲了什麼，我總是看到那似幻似眞滿屋牆蔓爬、熱熱鬧鬧的紫藤，然後，耳中就荏苒起細聲不止的風鈴聲。

咖啡・情人・夢

而「小鋼珠」，毋庸置疑的「哥倫比亞」，標準品質；小燕、張澤明，曾是多少人心目中的「藍山」，我倒認為特殊風味的「曼特寧」、「摩卡」或許更適切；至於我自己，既未能拔刀相助，也不敢仗義執言，默默關懷倒是有的，這種滿鄉愿的大眾口味就稱為「綜合咖啡」吧；而我心目中的「藍山」極品，質純味美，獨一無二，當然是——李緣。

在珠光寶氣琳瑯滿目的百貨公司裡，有這樣一個小小的飲料休閒區，實在不只沙漠中綠洲的想像而已，還多添了幾分清涼浪漫，像櫥窗第一件掛起的薄春衫。

在炒不熱交易的平常日，坐在長腳椅上，抬眼望不止電扶梯一波波載送紅男綠女百態眾生，而身後滿滿一櫥窗加州進口的糖果，熱鬧鮮艷好似染色的橡膠，在這樣的時刻，你覷眼品一口甘醇香熱的咖啡，會感到紅塵萬丈裡獨獨一些捨不去的沉與涼，慢慢醞釀正成熟，那叫人生的心事。

若在鼎沸的折扣拍賣日，這兒也正可供你在一場廝殺混戰之後坐下，品一口任何滋味的咖啡，娑摩一下困於物慾，喘息未定的心，順便讓微細的罪惡感得個罅隙無聲汨汨。

這飲料區，長條海灣型吧檯，二十張環檯的高腳椅，由兩個年輕女孩一邊咖啡一邊茶飲分頭主持，當她們的手或磨咖啡豆、或攪拌咖啡液、或調試各色花茶、或搖晃泡沫器，都在空中閃爍畫出花瓣的線條，並且連線成朵，充滿女性的柔美，這兒供應的不單是美味的飲料，還有一種可口的花信風情。

咖啡小姐工作的時候半低著頭，額上密密的劉海就黑色流蘇般掩映她神秘眉睫，一抬眼，夏夜一顆早起的星子正揩亮眼，笑起來，星星不見了，形成兩枚彎彎的弦月，這樣一個化星爲月的荳蔻女郎，自然且自信地散發星月交織的迷人風采，纏綿縈繞住顧客們舉杯遮不住的雙眼，在咖啡氤氳的香霧裡。

紅茶小姐則在星月下隱遮了光芒，尋常的女孩，沒稜沒角，就是一片清和。她們忙碌中錯身而過時，彼此總會以目眹意，或一個含笑的眸，或眨一下別人無法察覺的眼，用年輕女孩特有的愛嬌方式秘密傳遞一種滿深厚親暱的感情。

常來，便能在固定的時日遇到特定的人，每週二下午，會有個狹長臉的年輕人，一杯陽光紅茶，攤著英文或國文講義在檯面，一下午也沒翻頁，眼光有些惶躁閃躲，卻忍不住要隨咖啡小姐挪移的身影在飄。每星期天下午則常有一群阿兵哥圍坐，三五成群總不免出現一、二個上週才來過的熟面孔，敢情是有人奔走競告不足乾脆親自率隊前來。有一次咖啡小姐提早離開，有一名阿兵哥箭步跨前：

「小姐，我們幾個要送你！」

咖啡小姐揹個大帆布袋十分的吉普賽，聞言星眼一彎：

「來呀！跟來的是小狗！」

一擰身，走了，長髮在空中揚一波撩人的流線，阿兵哥們木雞隻隻，張口結舌釘坐長腳椅上。

有一位常客最特別，每天中午固定時間來到，潔淨的藍衫像一汪寧靜的海洋，他的神情是更深的海，不言不語，永遠一杯熱咖啡，眼光直直遙遙，喝光了就走。每次他來，咖啡小姐會小聲的對紅茶小姐：「藍山來了」！紅茶小姐就會慌慌的紅著臉搶著做事。

§ § § § § §

下雨的濕街，我意外發現她們在站牌下候車，我將車泊近，請她們上車。原來她們是國中同學，家住南部，分別數年，再一起合資經營飲料事業，咖啡小姐說：

「我叫吳玉燕，你可以叫我小燕，她是李緣。」

「李緣？很好聽的名字！」我由後照鏡瞥一眼較沉靜的紅茶小姐。

「祖母取的名字，她最愛說人生都是緣。以前覺得很俗氣，愈來愈喜歡！」

她們互擠蹬了一會，由咖啡小姐問我：

「看你常用筆在記東西，你是作家嗎？」

我揚聲哈哈大笑，用不否認來代替承認。作家？陳義太高，我想，我只是對一個人生興味終始不減的滿無聊的女子罷了。

車行不止，我爲了打破小小的沉默便找話題：

「你們爲什麼叫每天中午來的那個人『藍衫』？是因爲他都穿藍衣服嗎？」

李緣的臉紅得像玫瑰，小燕湊上臉拚命瞅她，笑瞇瞇的對我說：

「你下次來，注意看牆上的咖啡等級風味表，就會知道！」

我終於看到咖啡風味表，它將各種咖啡的香、甘、醇、酸、苦做了強弱說明，並有總語做結：哥倫比亞，標準品質；摩卡、曼特寧、風味特殊；綜合咖啡，大眾口味；羅姆斯打，調配用；而藍山咖啡是——極品。

小燕是許多男人的「藍山」，而那個喜著藍衫的男子，是李緣的「藍山」。

雨天邂逅後，我和她們在友誼的距離上各進一步，我陸續知道小燕的男朋友在外島服役，經營這樣的飲料酒吧是小燕的主張，這之前，小燕在咖啡廳當服務生，李緣在電子工廠，各將五年來所有積蓄外加家人的活會死會全投注在此據點。李緣是新手，由小燕帶著一步一步學，飲料酒吧的生意不壞，她們當然也知道，醉翁之意不在酒，在乎山水之間，而山是小燕，水，還是小燕。

§ § § § § §

小燕開始主動向「藍山」攀談，很明顯的，她是為李緣做嫁衣裳。她點點滴滴帶回李緣樂意又羞怯知道的資料：張澤明，五十年次，六月二十七日生，A型，巨蟹座，在父親開設的貿易公司當副理。我也曾私下端詳張澤明，感覺他氣質端莊、舉止溫文、聆聽別人談話時，眼眸專注微笑帶鼓勵，笑揚的嘴角扯牽彎弧層層，像引人入夢的漩渦，眞是典型又香、又甘、又醇、微酸、不苦的藍山極品。

小燕主動這樣做，李緣自是感激萬分，客人不多的時候，她們在檯後玩撲克牌算命，小燕對李緣說：

「你要專心的想心上人的名字和樣子，才會準！」

李緣就當眞緊閉雙眼，虔誠的臉龐暈紅一片，眼皮微微在跳。

有時她們會擠在一塊看女性雜誌中類似「1998，你的愛情如何」的單元，當李緣看到自己的雙魚座與六月二十七的巨蟹座是「了不起的一對，是天作之合」時，我彷彿聽得見的含苞的花瓣以隱隱的清脆正在開裂，剎那後就要掩不住的斑爛洋溢了。

我就以這種樂觀其成的心靜靜等待男女主角登場就水到渠成的主戲，但是在推移的時光中，我卻意外的發現，小燕和「藍山」眼眸交通著異樣的情愫，當他們隔著吧檯閒聊，往往話語已結束，膠著的眼光卻遲遲分不開，有時候，不自覺的小燕說著聽著都要欺身向前了，李緣仍以她慣有的細膩在吧檯的另一端沖調茶飲，偶爾紅一陣臉，約莫是，想起愛情。

電扶梯依舊送往迎來，艷得有些假的進口糖果從未褪色，吧檯邊的主動攀談已變成了喁喁私語，間雜小燕的佯嗔嬌怨，當小燕在這一端欺身向前，李緣仍在吧檯另一端沖調茶飲，細膩，仍是有的，只是偶爾會潑灑檯面，臉一樣會紅，但帶有端凝，絕非想起愛情的那種。

和她們的關係不遠亦不近，我能說什麼？

§ § § § § §

有一天傍晚，小燕告假，我一邊啜飲咖啡一邊無心的問：

「小燕怎麼了！」

李緣忙著揩拭檯面，轉過頭來回答：

「她沒說，不過今天是二十七號，張澤明生日。」

待她擦拭到我面前，我努力的出口相問：

「你，不怪小燕？」

李緣的臉又紅了，停止手的動作：

「小燕想要的，一定能得到。」

「你一點都不怪？」

李緣堅決搖頭：

「只有小燕配得上他。」

「有一次祖母來看我，我和小燕都在忙，後來祖母告訴我，小燕的手指又白又長，像春天的蔥，我的手指粗，骨節又大，倒像老薑。」李緣笑著伸出手指端詳：「所以祖母暗示我，不要和小燕在一起，否則，福氣全歸她，說這樣的緣不會公平。」

我好奇的再問：

「那你爲什麼不離開？」

李緣連考慮都不必的回答：

「不可以，說好一起創業的。如果抽掉我的股，這生意就做不成的。小燕人漂亮又聰明，我又不是今天才知道。各人有各人的命，怎麼可以怪罪別人？」

「看到小燕和張澤明親親熱熱難道不難過？」

李緣平靜的說：

「開始會，後來就好了，『藍山』是極品，不是每個人都能得到的呀！」

一群客人蜂擁而至，李緣奔走咖啡吧、紅茶吧之間忙得有些慌亂，但我確信，她，絕對勝任得了。

百貨公司燈火通明、琉璃輝煌，像一場風華絕代的生命展示，點綴李緣樸素清和的小女子平凡生命在其中，可一點也不遜色。

§ § § § § §

小燕和「藍山」的感情日行千里。每當「藍山」在座，她不再欺身向前，而是直接走出檯外坐在高腳椅上傍依著「藍山」耳鬢廝磨輕聲細語，絲毫不顧忌有多少男士是爲她而來。星期二老愛攤國文英文在檯面的補習班學生，據說老早以前就寫情書給小燕，「藍山」知道後，嘴裡不說，每週二下午卻加來一次，雖然逗留時間並不長，但已足夠讓小燕打翻一大杯「芬蘭汁」在心田——柔橙帶粉，甜中微酸。

小燕每次煮咖啡都先將咖啡豆研磨成粉，倒進玻璃燒杯後，邊煮邊用木匙輕輕刮下沾在器皿上的細粉，微細的咖啡粉浸落在沸滾中的黑色汁液裡旋即無影無蹤，這多像許多年輕男子簡單的愛情夢，在小燕玻璃般明亮的生命中粉粒細細，而小燕和「藍山」不修飾的親熱真正是一根木匙，刮下了這些暗色粉粒讓它們沉浸到一個無邊的失望暗流中就失去了蹤影。

§　§　§　§　§　§

長長的秋季我到歐洲探親旅行，三個月後我重新坐上咖啡吧卻發現人事已非。

李緣主持咖啡部，紅茶部則由一位年輕的陌生女孩負責，李緣拉著那臉上沒有笑容的女孩過來向我介紹：

「李圓，圓圈的圓，我妹妹，被我拖來幫忙的！」

「小燕呢？」

李緣不帶情緒的敘述：

「張澤明氣他爸爸不升他當經理，就辭職不做。小燕和他一起另找店面開咖啡廳自己做。」

我望著李緣消瘦的臉龐再追問：

「妳不是說過，少了一股，生意就做不成？」

李緣無可奈何的苦笑：

「捨不得呀！還好本來有賺一些錢，我祖母再起個會贊助我，勉強可以維持，將來我再還她。」

「我祖母最偏心！」旁邊那胖胖的女孩翻白眼猛甩抹布。

「我妹妹在工廠做得好好的，被我硬拖來幫忙，天天在生氣！」

「天天搖泡沫紅茶手都快斷掉。」抹布還在甩，李緣含笑憐惜的看著稚氣的妹妹，再繼續說：

「機器明天才會送來……。不過，祖母借我的錢的條件是下星期要回去相親。」

李圓又翻一個白眼：

「養豬的！」

相親後不久，李緣的無名指就戴上訂婚戒指。

「我並不全是順從祖母的意思，而是我認為一個白天替幼稚園開娃娃車，又以養豬當副業，為了替哥哥還債晚上還會去開計程車的男人，應該不會太壞。」李緣很篤定的這樣告訴我。

一個下雨的午後，百貨公司門前馬路人潮圍集，癱瘓的交通使緊挨的車陣像一條曲蜒著身動也不動的死蛇，人潮湧動間，標語旗幟揚舉如帆：「忍無可忍！」、「妻小寄人養！」、「逼上絕路！」嘈雜人聲斷續高喊：「欺壓！殺人不見血！」原來是一家塑膠工廠員工因工廠宣告破產而做的遊行抗議，據說廠方不動聲色驟然停工，員工一片譁然，雙方演鬥熾烈，是最近縣裡一樁天天上報的大新聞。

我好不容易擠過人群，去李緣的飲料吧，發現生意較清淡，而有個理平頭的年輕男子在座上和李緣似乎在談一件不輕的事，男子的頭一直低垂，擱置吧檯的雙手圈握，用力箍緊時，青筋便一條條浮現，像他的痛苦一樣清晰。李緣不太流利的辯解著：

「你也知道，小燕她不是隨便的女孩，有好多人追她，她一直也都不太理人，我最清楚不過。」

「她怎麼可以這樣對待我。」男子低聲咆哮著。

「人和人之間，很難說，尤其是感情。」

此刻的李緣如此鄭重而努力，只恐自己不能的護衛朋友，而面對眼前這個受苦的人卻又有百般的不忍，多種情緒於是一件件閃過她的眼神，終於她勇敢而溫柔的說：

「你應該比我更清楚，小燕待朋友很好，不會故意去傷害別人，她會不顧一切這樣做，一定有她的理由，你只知道她變心，就一直責怪她，其實，不太公平，當初，她不理別人，只喜歡你，可以證明她不隨便，所以，你要相信她，她有她一定這樣做的理由！」

「她背叛我，一句話也沒有交代！」

「不交代，可能是不會說，或者，不敢說。」

李緣開始期期艾艾：

「有時候，找不到一個絕對的理由卻又處處是理由，把自己弄亂了煩了，就乾脆逃避了事，滿懦弱，可是也很眞實，人常會有自己處理不好的事，或是個性中較弱部分、或是生命中最強的追尋，遇上了就顧不了其他，我想，眞的，小燕不是故意辜負你的，她眞的太喜歡那個人，但這不代表你不好，眞的，感情的事就這樣，你不能怪她，自己也不要太傷心，相信命裡的緣有深有淺——」

這世上有一種人，曲柔委婉地體貼別人，無條件關愛別人，常被以爲那樣會沒有了自己，其實正是用平凡不起眼的崇高了自己，一直到小燕前任男友黯然離去，我都捨不得由人性溫馨光輝的蠱照下醒轉過來。

§　§　§　§　§　§

都市生活的明快節奏，漸漸律動了李圓的心，海灣吧檯邊的忙碌步調，也精緻了李圓的身材。她薄薄貼耳的短髮，狹身的短洋裝，吧檯後時嗔時嬌的臉容氣息，將大都會瞬變俐落的撩人迷麗，迫窒在每個顧客的眼前，她不如小燕俏美，卻渾身洋溢被年輕所允許的任暢氣味，以至於她的蠻橫與嬌慣被沖淡均勻成可縱容的頑黠。曾看過李緣爲收銀機裡短缺了五千塊而頻頻算計納悶焦慮，迎面卻走來笑吟吟的李圓穿著新上市的冬季少女套裝，在李緣頰上親一口長長的嘖聲：

「姊，這是剛到的！他們算我八五折，比同仁折還便宜！」

李緣無可奈何看妹妹一眼：

「下次要先講一聲！」

§ § § § § §

那個下午當李圓旋風般捲進檯內，冬天來臨不久，窗外有一片詩意浪漫的陽光。

李圓臉蛋發紅亮著眼拉住李緣：

「姊，我去千代拿咖啡遇到一個男生，好好看，說話很好聽又斯文，他也去拿咖啡，我們講了好久的話，他還給我名片。」

李圓揚一張紫底銀色圖案的名片，並珍重鎖進抽屜。

「成天只聽你嫌這笑那的，沒想到今天也會遇到白馬王子。」李緣揶揄著說。

「姊，我如果和他交朋友，你不可以反對！」

「我哪敢？」

「姊，我長大了，有些事我不希望你過問，那會給我額外的壓力。」

「只要你沒做錯，我便沒理由過問。」

從此李圓的生活明顯增添了等待的情節。那期盼的失落，不意的喜悅，以她搶接電話急奔的身影爲序，秩第而起伏的演示，她太年輕，還未學會對感情的適度掩飾。

由李圓過多掌不住的情緒變化，你可以感到，這樁愛情，她的無限在意及她的毫無把握。

§ § § § § §

小燕突然有了消息，並邀李緣與我去相聚，我和李緣預備動身的時候，李圓拎著二樓精品男裝的提袋蹦蹦跳跳及時趕回，現代感十足又充滿耀眼青春的李圓舉高提袋對我們說：

「明天情人節，買禮物送他嘛！」

李緣轉身交代他妹妹：

「晚飯後就打烊，我不在，你會忙不過來。」

我和李緣在鬧區邊緣一條補習班林立的巷弄尋找小燕的咖啡屋。

燈火輝煌，夾道的小吃店冷飲店人滿溢得流到巷道，在一個轉彎的冷清處，我們看一片閃爍的紫燈泡所襯亮出的一朵銀色盛開紫羅蘭。

庭園燈、錦魚池、雕花欄杆，使「紫羅蘭咖啡屋」極富貴族的高雅氣派，只是那樣的典麗精碧坐落在紅塵市井寥落的一隅，不免要使人有沒落王孫的淒清想像。

小燕和李緣一相見，緊握雙手片刻無言，眼眶一圈圈加紅，小燕美麗的雙眼噙滿若有所訴的珠淚。

由相逢敘別後，她們都有些情傷也帶著勇毅，在咖啡廳昏黃的燈光下充滿一身都市的故事，那在吧檯後共讀「1998，你的愛情」、愛笑、愛互遞眼色、愛用撲克牌算命的年輕女孩彷彿彳亍地早已遠走，令人隱約感到歲月的改造力量及際遇的曲折無情。

「他對你好嗎?」李緣問。

小燕垂眼微笑：

「他很細膩、很體貼，很有——理想。」

「能和心愛的人在一起，怎樣都好。」李緣亮亮的眼眞誠地盯著小燕。

「我就是這樣想，只要他對我好，怎樣的苦我都不怕，在一起就好。」小燕的神態帶有勇敢的堅決。

李緣點點頭，順手拿桌上咖啡店名片，突然臉色倏變。

我迅速掠一下名片，紫底銀色紫羅蘭。

步出「紫羅蘭」，李緣倉皇回咖啡吧，由吧檯下尋出一只精品男飾提袋；李圓要送男友的禮物；打開來抽出一件名牌休閒衫——淺藍海洋的顏色。

李緣急急找鑰匙打開李圓的抽屜，拿出一張紫色名片，忍不住手顫並凝容端詳銀色紫羅蘭下的住址電話。

§ § § § § §

顯然昨晚爆發過一場戰爭，今日吧檯內狹長的空間是另闢戰場。

李圓大力甩扔用品，清洗杯子的時候將水開得水花四濺，李緣擦拭燒杯時，臉沉得很重很痛。

突然李圓彎身再起，破口大嚷：

「憑什麼偷拿我的東西，小偷！賊！豬八戒！不要臉！」

早上，附近的專櫃都未開張，偌大的百貨公司地下室裡，李圓的聲音尖銳還帶有殺傷力。

「你以為拿走我的禮物我今天就和他見不了面？我告訴你，我照樣出門，你管不著！」

一直沉默的李緣鐵青著臉，頭也不抬的由唇縫擠迸出一句話：

「你今天敢給我出去一步試試看！」

一直熟悉李緣的清和，她青白的臉及陰惻惻的話就分外令人驚心及擔心，不是擔心她會對李圓怎樣，是擔心她會對自己怎樣。

李圓駭了一下，收斂了聲音：

「我喜歡一個人也犯法？」

「喜歡有太太的人，就是犯法。」

「不是太太，他們只是同居！」李圓爭辯著。

「枕邊人你懂不懂，李圓，人與人在一起要有情義，相愛相悅是情，同床共枕後就得負道義的責任。你別去扯拉叫人家不去負責。」

「我不管，我就是喜歡他，只喜歡他，誰也阻止不了。」李圓情緒又激昂了起來。

「阿媽也阻止不了嗎？」李緣又陰陰的說。

「你敢！你敢叫阿媽來！」李圓大叫，隨即歇斯底里拿起電話沒命的按鍵：「我立刻叫他帶我走，我跟定他了，沒人阻止得了，我叫他立刻來，除非他親口說不要我，否則，誰也別想阻止我。」李圓大哭嘶叫，次次瘋狂的切掛再重撥，在最後一次等待對方接聽的長長有段的嘟聲後，她頹然的放下話筒並趴在電話機上痛哭。

這時，李緣的淚才悄悄流下。

§ § § § § §

李圓終於被祖母帶回鄉下，因爲張澤明對她親口說，他無意。是李緣去找張澤明的。李緣向我轉述的時候，往日的清和添了幾分疲累。

「你愛小燕嗎？」李緣單刀直入的問。

「不必懷疑的，她在我心中有特殊的份量。」

「對李圓呢？」

「對不起，起初我不知道他是你妹妹。」

「不是我妹妹你就可以腳踏兩條船？」李緣逼緊的問。

「我承認她有吸引力，對情，敢做敢當的那種直接的表達，令我無法抗拒。」

「要如何收拾這局面？」李緣一步步引他。

「我沒考慮到這問題！」顯然張澤明開始困窘了。

「張澤明，讓我來告訴你，你是個什麼樣的人。」

李緣說，她這輩子沒有這麼清晰和勇敢過，她在解剖的是自己心目中的極品，她正在粉碎心中暗藏的一場美麗的夢，她不能承受當時一種幻滅的刺痛，但爲了妹妹及好友，她字字明白的告訴張澤明：

「你只是在證明自己的吸引力，張澤明，這是一種虛榮自私的大男人心理，滿落伍了！眞正的愛是懂得顧惜對方，眞正的男人的愛情像港灣，讓他的女人能停、能靠、能安身、能有適當的位置、而且是光明磊落的位置，而你給小燕什麼？給李圓什麼？」

最後李緣要脅張澤明表明對李圓的感情，否則她就向小燕說明這一切。

§ § § § § § §

李緣苦笑著對我說她這一陣子做了很多這一生沒想過做得出來的事。女人有無限可塑的韌性，會為自己認為義無反顧的事而膨脹到極限，我這樣告訴李緣。

不久，紅茶部換了一個身量不高，很黑、很結實的男子，他是李緣的未婚夫——吳柏青，大家叫他「小鋼珠」。

「豬交給哥哥照顧，反正債已經替他還得差不多了，有空再跑跑計程車。李緣一個女孩子這樣做太辛苦，現在社會和以前不一樣了，放她一個人在大都市，我不放心！」「小鋼珠」振振有詞這般說。

李緣的臉又紅了，這次是，很幸福的那一種。

生意做得久，固定顧客就多，常看這一對未婚夫妻忙得這般快樂、和諧，誰都忍不住會想多逗留一會，此處雖乏山水，卻有一番山上清風，水中明月。

§ § § § § § §

再一次看到小燕，她豐潤的雙頰已削瘦，密密的劉海掩映垂淚的雙眼，她和張澤明的咖啡屋由於房租龐大，又落點不當，一直都是慘澹經營，入不敷出，而張澤明執意不肯結束營業，現在已經到山窮水盡的地步。

「而他，要穿名牌，要吃高級餐，什麼都要最好的，從來不會想我們夠不夠那個格。」小燕擦不止的眼淚紛紛。

「你負責咖啡廳，要他去找事做呀！」我建議她。

「不是經理以上的職位他不願意做，哪裡有那麼多經理等人做！」

「他的柔情體貼可以美化生活，卻不能維持生活呀，飄飄的，不給人穩靠的感覺，孩子快出生了，我怎麼辦？」小燕又陷入一場新的啜啜泣泣之中。

李緣一面安慰小燕，一面堅定的說：

「把咖啡廳結束吧，不能只爲面子揹那麼一大筆房租，然後，你到我這兒來，我需要幫手。」

「不是有你未婚夫在幫你？」小燕抬起了一直低垂的頭，淚眼望著李緣。

「生意太好，還需一個人手，何況他一心想去上夜校，你來，他才能放心去上課，他畢業後，換我去。」

小燕頭又低了，哽咽的說：

「當初，我說走就走，也沒想過你……。」

李緣輕拍小燕的肩說：

「過去的事不必再提，我知道你的，……。」

---

§ § § § § §

走出百貨公司，我獨自步行在熙來攘往霓虹閃耀的夜街，寧靜將往事重溫，像溫一壺已涼的陳酒，好朋友，永遠是世上一個可回去的地方。

我想起牆上那張咖啡等級風味表，也想起在吧檯邊上映過的小小人生：

那每週二下午愛在吧檯上攤看國文英文的小伙子，及用愛情凸顯了張澤明的李圓，整個事件中不正像那個調配用的「羅姆斯打」；而「小鋼珠」，毋庸置疑的「哥倫比亞」，標準品質；小燕、張澤明，曾是多少人心目中的「藍山」，我倒認爲特殊風味的「曼特寧」、「摩卡」或許更適切；至於我自己，既未能拔刀相助，也不敢仗義執言，默默關懷倒是有的，這種滿鄉愿的大眾口味就稱爲「綜合咖啡」吧；而我心目中的「藍山」極品，質純味美，獨一無二，當然是——李緣。

國家圖書館出版品預行編目資料

愛情角：十種不同的愛情,十個耐看的故事 / 石德華著. -- 1 版. -- 臺北市 ： 大地,2001〔民 90〕
面；　公分. --(大地文學：9)

ISBN 957-8290-37-3 (平裝).

857.63　　90005402

愛情角

大地文學 9

著　　者：石德華
創 辦 人：姚宜瑛
發 行 人：吳錫清
主　　編：陳玟玟
校　　對：酆台英
出 版 者：大地出版社
社　　址：台北市內湖區環山路三段 26 號 1 樓
劃撥帳號：0019252－9(戶名：大地出版社)
電　　話：（02）2627－7749
傳　　真：（02）2627－0895
e -mail ：vastplai@ms45.hinet.net
印 刷 者：久裕印刷股份有限公司
1版1刷：2001 年 4 月
定　　價：200 元

Printed in Taiwan

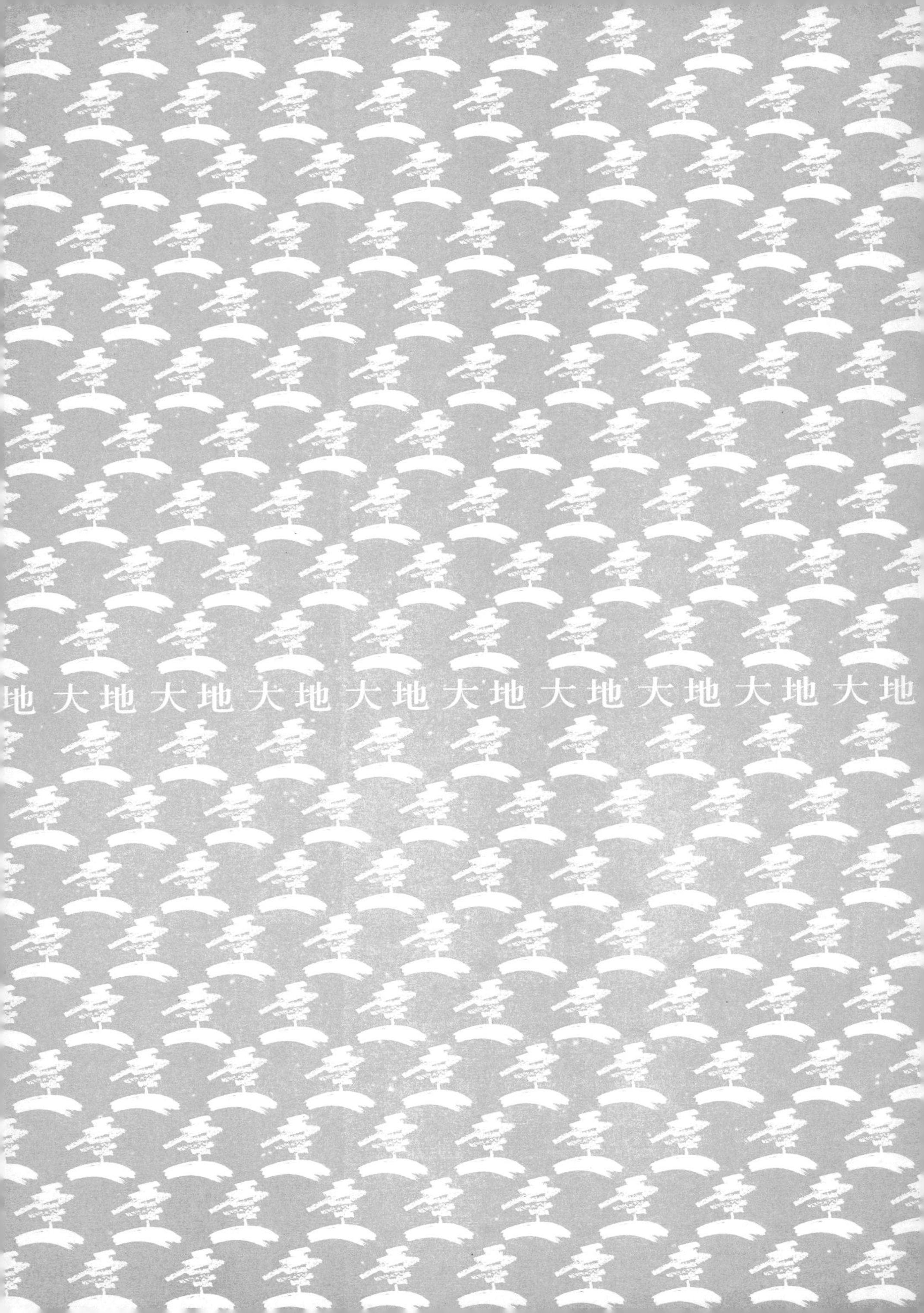
地 大地 大地 大地 大地 大地 大地 大地 大地 大地

大地大地大地大地大地大地大地大地大地大地大地大地大地大地大地大地大地大地大